19 h 59

DU MÊME AUTEUR

ROMAN

Dernière sommation, Grasset, 2019.

ESSAIS

Corona Chroniques, Éditions du détour, 2020.

On ne vit qu'une heure, une virée avec Jacques Brel, Le Seuil, 2018.

New Moon, café de nuit joyeux, Seuil, 2017.

Tarnac, Magasin général, Calmann-Lévy, 2012 (prix des Assises du journalisme).

Prison Valley, avec Philippe Brault et Sébastien Brothier, Democratic Books-Arte Éditions, 2010.

Maintien de l'ordre, Hachette Littératures, 2007.

Ils ont filmé la guerre en couleur, avec René-Jean Bouyer, Bayard, 2003.

Toute sortie est définitive, Bayard, 2002.

Flics et pirates du Net, avec Florent Latrive, Le Seuil, 2000.

Sur le quai, la vie dans le métro parisien, Arléa-Corlet, 1996.

Yo ! Révolution Rap, Ramsay, 1991.

OUVRAGES COLLECTIFS

Police, avec Amal Bentounsi, Antonin Bernanos, Julien Coupat, Éric Hazan, Frédéric Lordon, La Fabrique, 2020.

Cobain on Cobain, Nick Soulsby (éd.), Chicago Review Press, 2016.

Paris New Moon, de Raphaël Rinaldi, avec Pierre Soler, Roland Piqueras, Marsu, Michel Pourcelot, Élisabeth Carpentier-Drogoz, Michel Ktü, Le Castor Astral, 2015.

Brut, la ruée vers l'or noir, avec Naomie Klein, Nancy Houston, Mélina Laboucan-Massimo, Lux éditeur, 2015.

Big Brother Awards : les surveillants surveillés, collectif, Zones, 2009.

Encore une nuit à Paris, collectif, L'Harmattan, 1997.

Noms d'une France, collectif, Le Rouergue, 1995.

(Suite en fin d'ouvrage)

DAVID DUFRESNE

19 h 59

roman

BERNARD GRASSET
PARIS

Bande : © Gettyimages.

ISBN 978-2-246-82305-6

« Les gens ne veulent pas être informés, ils veulent se sentir informés. »

Roger AILES, fondateur de Fox News

Neuf jours avant le second tour

J'ai d'abord pensé à mon mauvais schéma corporel ; la douleur dans le dos, c'était de ma faute, j'avais dû heurter quelque chose dans l'ascenseur. Je sentais une pointe dure comme du métal, au bas des reins, une gêne d'abord anodine, puis insistante.

En contrebas, la ruche s'agitait, toute à son œuvre et à mon succès, indifférente à mon sort, comme je l'étais au sien.

C'est quand la porte s'est refermée que j'ai perçu son souffle dans ma nuque. Le métal bougeait comme s'il cherchait entre les côtes, un dard pour me percer, comme il se devait : en traître.

Il n'y a jamais eu de barre d'appui dans cet ascenseur.

Le métal, c'était ma hantise. Le canon d'une arme.

Cet espace, je l'avais voulu, et même dessiné, tout de verre, transparent, pour qu'on me voie bien, que tous les employés sachent quand j'étais là, au-dessus d'eux, au sommet de l'Olympe ; Paris, ce chenil, à mes pieds. Un ascenseur concave et de vitre, la presse avait adoré mes sornettes – Madeleine Jiffré l'avait compris : cet ascenseur, c'était moi, ma marque de fabrique, la transparence et la rondeur apparente ; ces carreaux translucides signifiaient que je n'avais rien à cacher de mon héritage, ou plus rien, ou plus grand-chose, rien qui puisse mettre en péril l'image du pays. Cette vue imprenable sur mes studios était l'aboutissement de ma vie, ma grande affaire, sur mes petites affaires.

Avec cette cage de nudité, je voulais rendre lointaines les asianeries de papa. Fortune était faite, loué soit Lui : il fallait en tirer profit, et sans sourciller, et sans culpabiliser. D'où ce verre, cette visibilité brandie ; et ces arrondis de parois et de parure. Pur joyau de design d'intérieur, outil de rupture d'apparence.

Pourquoi étais-je maintenant sous la menace ?

Mon père avait connu la bonne époque. Pas de comptes à rendre en place publique, pas de service après-vente, ni pub ni com, il n'y avait qu'à se baisser. Le sang des ouvriers jaunes se confondait avec une seule couleur, la plus belle, la patriote : la couleur de la stabilité de la France. Les rétrocommissions, et les petits compromis, longtemps, personne ne les voyait, ou ne voulait les reconnaître. La corruption avait ceci de bien qu'elle fixait les tarifs du marché. La traîtrise est, quoi qu'on en pense, comme un métal froid : très abordable.

Paix à son âme, au père : Antoine Rex. Il avait pu travailler en toute tranquillité, à l'abri du regard des uns, des jugements des autres. Ceux qui venaient à la gamelle savaient, mais comme disait papa, *ils venaient à la gamelle*. Ça les tenait, ces toutous. Les plus dociles étaient parfois les plus puissants, sur le papier. Le défilé à la maison de ministres ventre à terre m'a probablement forgé mieux que toute leçon de vie. Ils venaient chercher un poste futur, un petit service, un conseil d'ami, des enveloppes – un pacte face à leurs propres renoncements. Pourquoi respecter ces indignes ?

Et maintenant, *ils* se vengeaient ? Lesquels ? Lequel ? Laquelle ? Dans mon dos, la silhouette se tenait sans un bruit, sans un indice.

L'élévateur directorial ne m'était pas exclusivement réservé. J'avais tenu à le partager, mais à le partager pour de bon. Les livreurs, et eux seuls, étaient autorisés à l'emprunter. J'aimais ce va-et-vient de sacs à dos bleu, orange, turquoise, vert, arc-en-ciel délavé de notre civilisation dépassée. Ces sans-papiers qui grimpaient les étages de ma holding, à la vue de tous, faisaient des tas d'envieux. Adjoints, assistants, employés, cadres, avaient interdiction d'entrer dans la cage aux fauves, le monte-charge, comme disaient les aigris.

Mes collaborateurs les plus vifs comprenaient la menace de cet ascenseur asocial. Ils ne tarderaient pas à être corvéables comme ces miséreux à vélos volés. Les moins finauds se moquaient des basanés, qu'ils croyaient envoyés là comme chez Barnum, ou dans le port de Saïgon, fleuron de nos bases arrière passées. Les uns et les autres avaient et tort et raison. Ils s'imaginaient maîtres du monde, misérables abeilles d'une fabrique d'information, ils ne creusaient que leur propre tombe : en voie d'ubérisation ; traqués comme le premier Deliveroo venu. Ce qu'ils ignoraient, les premiers comme les seconds, était le parfait mépris dans lequel je les tenais – premier conseil paternel : je n'avais choisi aucun d'entre eux pour son talent, mais pour sa fidélité. Rivés à leur *app* maison, les gratte-papier se notaient les uns les autres, se comparaient, se jugeaient, se jaugeaient. Délices du management 360°, cette *guerre des étoiles*, c'était le nom de l'application, valait mieux que toutes les pointeuses du monde. Cette contre-maîtrise joyeuse, où chacun surveille chacun, gamification de leur servitude, était la garantie de mon pouvoir. Mieux : son socle, bien au-delà de ce que les esprits le plus tordus auraient pu imaginer.

À l'entrée du bâtiment de Rex News, j'avais fait accrocher cette maxime de papa :

LA RÉVOLUTION C'EST L'INFORMATION

Un seul ingénieur était dans la confidence. Les notes que les employés s'attribuaient étaient elles-mêmes notées. Chaque matin, je recevais le bordereau des activités de surveillance de la veille. Je savais qui notait qui, comment, avec quelle fréquence, quelle arrière-pensée, et à quelle vitesse : le rythme rageur des lettres frappées sur le clavier en disait autant que les mots mêmes. Chaque commentaire passait à la moulinette d'un analyseur (on l'avait appelé Gagarine), et l'ensemble constituait le meilleur tableau de scoring possible. Un temps, j'avais envisagé de mettre Gagarine en orbite, sur le marché, faire d'une pierre deux coups, les seuls qui vaillent en ces temps troublés : financier et médiatique, le combo gagnant, ma bonne amie Madeleine Jiffré trouvait ça épatant. Avec Gagarine, j'aurais pu apparaître comme le bon samaritain du CAC 40, le vrai boss, le patron des patrons, celui qui sert les siens – pas de concurrence entre nous, voyons ; la rivalité, c'est bon pour les clients.

Madeleine avait commencé à phosphorer, comment on allait vendre Gagarine, à la presse, au Tout-Paris, et aux décideurs de partout. On utiliserait sa technique de prédilection – la vraie/fausse fuite dans les médias –, c'était joué d'avance. C'était sans compter sur les bonnes âmes, qui auraient sitôt hurlé au loup ; ces bonnes âmes qui ne voient pas en quoi l'infini est notre seul salut. Il aurait fallu encore se défendre, mentir sur l'Universalisme auquel le *politiquement correct* nous somme de nous plier. J'avais fini par laisser tomber et envoyer l'ingénieur passer sa retraite sur la route des Sanguinaires, à Ajaccio. Le soleil est le plus puissant agent dormant – et corrupteur.

Et si le revolver derrière moi, c'était ça : une révolte ? Un collaborateur à bout, un salarié excédé ? Un justicier de l'intérieur ?

Avant de partir, papa m'avait prodigué une technique. Lui qui voyait le monde se draper de bienveillance, de bonne volonté, d'intentions louables – rien ne le désolait plus que ce sirop d'orgeat, comme il l'appelait, dégoulinant jusqu'au cœur de notre Empire –, mon père avait compris avant tous que se faire détester constitue la meilleure assurance-vie.

Cette maxime-là était gravée, et dans mon cœur, et sur mon bureau, elle faisait face à mes visiteurs, afin que chacun comprenne bien que le psychopathe, c'est moi. Et que seuls les psychopathes triomphent :

« FILS, ÊTRE HAÏ MET À L'ABRI,
BIEN MIEUX QUE LES AMIS.
POSE EN MÉCHANT, ET ATTIRE LA FOUDRE
SUR TOI.
TES HOMMES D'OMBRE TE FERONT ROI. »

Les journalistes économiques raffolaient du principe paternel. Décrire mon écriteau, c'était le graal pour eux, la preuve qu'ils avaient obtenu un tête-à-tête avec moi, dans mon antre. Amuser la galerie, c'était ma méthode : « petite terreur pour grande maison », comme le voulait la formule que j'avais lâchée dans d'innombrables biographies, publiées sous bon contrôle. Papa m'avait aussi légué ça dans l'empire Rex, nous possédions peu de maisons d'édition, mais le maillon fort : le circuit de distribution.

Illusion démocratique : imprimé certes ; distribué, ça reste à voir.

C'était le monde moderne, le marketing comme bras légal de la censure, de la nécessaire censure, celle qui amène au redressement moral. Ultime leçon de feu mon père : pour tenir un continent comme l'Asie, les grues aéroportuaires suffisent. Tout n'est que flux, désormais.

Ce credo, certains esprits chagrins disaient que j'en avais fait le point saillant de Rex News : créer de la peur pour attirer le chaland. Il y avait de ça, mais pas seulement. À l'origine, c'était dans un souci de rentabilité, on laissait aux concurrents le soin d'enquêter, de multiplier les envoyés spéciaux, les antennes cassées – gouffres financiers qui coûtent un pognon de dingue, comme dirait le traître Macron – et on rappliquait avec la polémique. Le talk-show, c'est brasser de l'air et de l'or. Aux autres, les expéditions exorbitantes, les reportages et les investigations au long cours, à nous le filon du commentariat. Dans la ruée vers l'or, n'importe quelle école de commerce l'inculque : ce ne sont pas les chercheurs qui font fortune, mais les vendeurs de pioches. Rex News, c'est ça : le piolet de l'opinion publique.

Jusque dans les rangs de mes plus proches collaborateurs, on ignorait si l'extrême droite, que nous avions mise à l'antenne matin, midi et soir, c'était par conviction, ou par intérêt. Un de mes lieutenants, venu du marketing, avait éventé l'affaire. Rex News s'adressait à une niche d'extrême droite parce que son public approchait les 60 ans et que les études montraient qu'il existait un créneau sur cette tranche. Tout le monde avait gobé. Rex News était en vérité une opération à tiroirs. L'eau et l'or ne suffisent pas : il faut savoir les acheminer.

Une fois au sous-sol, la respiration de mon agresseur laissa échapper un claquement de langue satisfait, le seul son qu'émettait sa bouche. *Clac.* Ça voulait tout dire, dans son urgence et sa brièveté, *clac* : il n'y aurait pas de discussion. Ni de rémission.

Quelle connerie, aussi, d'avoir cantonné mon garde du corps dans la salle de sport. Fermée au personnel pour raisons sanitaires, elle lui offrait de quoi se régaler dans ses exercices solitaires. J'avais cru me débarrasser de lui, j'étais tombé dans mon propre piège.

Aux murs, les enceintes diffusaient les bandes-annonces de la chaîne :

MACRON/SÉNÉCHAL,
DANS NEUF JOURS LE CHOIX FINAL !

Tout le projet de Rex News convergeait vers un seul but : on fabriquait la bombe, les spectateurs appuieraient sur le bouton. J'avais tout millimétré, la chaîne n'émettait pas pour dire quoi penser, mais pour suggérer quoi deviner, quoi ressentir, quoi craindre, espérer, quoi choisir – ou rejeter. J'en étais intimement convaincu : ce n'est pas informer qu'il faut, c'est submerger. Le temps de cerveau disponible est la base, pas la finalité. Il est devenu insuffisant, trop versatile, trop sollicité ; il faut l'écraser, ce temps, l'anéantir, le remplir ; rendre l'individu impuissant, l'ensevelir sous ses désirs publicitaires. Cet étouffement de chacun est l'asphyxie de tous. L'imaginaire est totalitaire.

2022 sonnait le triomphe de la télé-politique.

Mais pourquoi n'avais-je rien tenté, alors que nous descendions ? Pourquoi avais-je refusé de rugir, et de suivre le conseil de la devise familiale, *Dura Rex, Sed Lex* ? Une question comme une obsession, une obsession comme une fuite : pour éviter de penser le temps présent et le futur imminent, le danger qui était là et la mort qui venait, j'essayais de rembobiner, de m'accrocher aux secondes écoulées, comme à une renaissance. Pas un geste vers les manants du bas, vraiment ? Pas un cri, pas un appel, même le plus timide ? Ni coup, ni volte-face : le néant. D'où venait ce néant ? Et d'où venait cette indifférence que j'accordais à ce voyou ? Qu'il soit en service commandé, ou un salarié désespéré, un porte-flingue de bas quartier ou un control freak, comme moi, n'avait à cet instant plus d'importance. J'étais obnubilé par mon propre comportement. Si je devais m'en sortir, que pourrais-je raconter ?

Une certitude : le carton Amazon du livreur pesait sa tonne. J'ai reconnu la bête à son logo, ce petit sourire en coin, misérable et narquois, glouton de nos mondes. Bezos, icône des masses-médiocres, a toujours été chez lui, chez moi : à l'antenne, à la moindre occasion, au plus grand régal de Pascal Jacotaud, mon présentateur vedette, qui lui vouait un vaste culte (il avait ainsi intitulé son émission phare *Les Rois du Prime*, hommage à Rex et au service de livraison express d'Amazon). Pour ma part, Jeff Bezos m'avait toujours fasciné : non par son argent – j'ai personnellement atteint, dès mon arrivée sur terre, la limite au-delà de laquelle on ne compte plus ce qui reste *à dépenser* – mais par sa manière de se faire aimer des pauvres. Cette qualité est ce qui distingue les milliardaires américains des français. La manière dont Bezos venait de remercier ses clients de l'avoir envoyé, lui, dans l'espace, tandis qu'eux n'avaient que leurs mains pour applaudir, et sortir leur carte bancaire, forçait le respect.

Ce n'était pas son cynisme qui avait placé le cosmonaute chauve en tête de *Fortune* – le cynisme, c'est la base, le minimum syndical du Capital, sa matière première –, ce qui avait fait Bezos roi et messie, déluge et fleuve, c'était jusqu'où son cynisme était au cœur de sa mécanique ; plus encore que son image, son moteur :

Son sourire.

Steve Bannon, le génie maléfique de Trump, son conseiller en médias et coups tordus, était le seul qui pouvait rivaliser, à mes yeux, avec sa moue carnassière. Bannon, l'unique aussi, parmi nos invités, que j'avais convié dans mon ascenseur. *Sed Lex.* Bannon était en tournée en Europe, il sentait le soufre, partout pestiféré. Il avait tenu un séminaire d'anthologie dans mon auditorium, devant des amis patrons, triés sur le volet.

C'est à la commissure du carton, à l'extrémité de ses lèvres, que le canon de mon agresseur perçait. C'était ça la douleur, c'était par ce trou. Braqué par Jeff Bezos. Ou par un de ses numéros, sbires à vélo.

— Vous m'emmenez où ? demandai-je, dans le vide, jusqu'à ce que le type remonte tranquillement son arme le long de ma colonne vertébrale.

Enfin, dans une langue qui, à mes oreilles et à mon enfance, fleurait bon les colonies, l'inconnu fit un effort :

— N'ayez pas peur.

Le canon-caresse n'avait pour but que de lui permettre de me tenir tranquille tout en s'approchant de moi ; voilà qu'il me collait à présent, et que ses expirations se faisaient plus sonores ; étrange sensation de réassurance. Mon geôlier, qui soufflait, qui opérait, qui passait le temps, se faisait humain.

Achetable, donc.

Je n'aurais qu'à mettre le prix, et toute cette histoire serait terminée, avant que le tocard ne finisse une balle dans la peau, ou dans les mains de mon obligé Drévillon. C'était ça, son souffle ; c'était sa perte, et mon espoir. Sa respiration, c'était la mienne. Fabrice Drévillon, oui, ça serait bien : le saint patron de la DGSI saurait quoi faire de ce cloporte.

C'est alors que l'homme tendit son avant-bras gauche, je remarquai sa peau, café au lait, et que d'un coup sec du coude, il afficha son téléphone sous élastique et cellophane.

— Là, dit-il.

Le Huawei indiquait la course. Le livreur venait chercher un colis chez moi, dans ma propre chaîne de télé, et ce colis c'était moi, vulgaire commande à trimballer. Sur l'écran de son téléphone, je voyais le trajet qu'il nous restait. Nous devions nous rendre sur l'autoroute de Normandie, bifurquer en direction de Dreux, continuer sur une vague nationale et nous perdre dans un village dont le nom même disait qu'il était d'un autre temps, enfoui dans le bocage : Boissy-Maugis, dans l'Orne.

Un camion s'arrêta à notre hauteur. J'eus à peine le temps de comprendre qu'il appartenait à une flotte de location. Rent-A-Car, ou Avis, ou je ne sais quoi, mais rien de chez moi. Brusquement, un second homme surgit de l'arrière, fit coulisser la porte latérale et, d'un coup ferme, me projeta dans l'habitacle. Mon agresseur grimpa à son tour, difficilement – son genou probablement.

Longuement, il défit son carton et ajusta sa cagoule. De la boîte, il extirpa d'immenses Serflex marqués Gendarmerie nationale. L'autre homme, le visage masqué, me salua sans façon. Son accoutrement était ridicule – un costume de mauvaise coupe, au motif treillis.

— Va falloir coopérer, dit-il. On va passer une bonne semaine ensemble, Rex.

Huit jours avant le second tour

La prison n'avait pas marqué son visage, Madeleine Jiffré demeurait cette belle femme de 62 ans, se sachant désirée autant que crainte, objet de fantasmes inavoués et de secrets d'État éventés, et dont elle jouait si bien. On l'appelait Madame Quinquennat. Parce que depuis des lustres, elle servait les présidents, qu'elle travaillait ses dossiers sur le temps long – elle disait *mes chéris*, qu'il s'agisse de PDG, de sportifs, de chanteurs ou de ministres, bétail du spectacle du monde.

Quinquennat, ça voulait dire aussi 5 %, les petits extras en petites coupures qu'il fallait lui remettre sous *pli discret*, c'est ainsi qu'elle désignait les bitcoins, en sus de ses honoraires d'agente, largement au-dessus de ce qui se pratiquait dans son secteur.

Ce sont ces bonus qui avaient jeté Madeleine Jiffré à la Santé, quelques mois. Et c'est son silence qui lui avait évité les années d'incarcération dues : la Reine, la faiseuse de rois, l'attachée de presse occulte du Palais, Madame Élysée, intime de toutes les Premières Dames, y compris des plus méfiantes.

Madeleine Jiffré avait table ouverte partout et même, disait-on, une ardoise chez un grand couturier de l'avenue Montaigne, qu'il ne viendrait à l'idée de personne de lui rappeler. Pas une radio, pas une télé ne lui était fermée ; son réseau allait jusqu'à lui donner un rôle unique : elle pouvait, comme sur Rex News, jouer les programmatrices de l'ombre. Les invités de marque, c'était elle ; toujours elle. Madeleine Jiffré savait se mouvoir partout, et faire de sa proie n'importe qui : on l'appelait la Caméléon, pour ses capacités à se faufiler et pour sa longue langue, pâteuse et vorace. Monter à bord du Falcon présidentiel excuse tout.

Ou si, peut-être, la prison avait déposé son empreinte ; si légère que seuls ses proches pouvaient la déceler ? La Caméléon savait camoufler ses émotions, elle disait qu'elle était comme une CRS de l'image : *savoir absorber les coups* était la première leçon de coaching qu'elle enseignait à ses clients. Elle disait ; en face, c'est un monde hostile, un monde mouvant, c'est une manifestation non déclarée, imprévisible, l'opinion publique, ça se guide, ça se matraque, ça se cajole, ça se gaze, ça se raccompagne, et les journalistes, des chiens galeux, jamais leur faire confiance, toujours leur sourire, toujours leur faire croire qu'*ils* vous comprennent, et que vous *les* comprenez, que c'est le même monde, les mêmes intérêts, la même vision et puis, les dresser, tirer sur la laisse, toujours avec l'air de ne pas y toucher. Pour une confidence, ils violeraient leur mère.

La prison avait durci le regard de Madeleine Jiffré, au-delà de cette cruauté naturelle que l'affairiste savait manœuvrer, dans les tractations les plus rudes. Ce regard de taulard, qui dit que la vie n'est pas une vie, que quatre murs, même quatre semaines, vous condamnent à perpétuité. Cette irruption dans les geôles l'avait, comme de juste et comme tout le monde, radicalisée. Moins qu'hier, Madeleine Jiffré ne croyait en cette comédie humaine du pouvoir dont elle était l'une des plus sûres directrices d'acteurs.

Les parloirs, la cantine hors de prix, l'odeur de pisse, hors d'imagination, les cris montés de la promenade, ou des yoyoteurs dont les draps étaient toujours trop courts, ou trop glissants, ou trop troués, pour s'approvisionner de barreaux en barreaux, avaient exterminé ce qu'il restait chez elle d'empathie. Elle savait désormais pourquoi elle était plus que jamais à sa place : dans sa chute, Madeleine Jiffré entraînerait les autres.

Les *chéris*.

Dans le salon bar du Lutetia, Madeleine Jiffré commençait à trouver le temps long. Philippe Rex était en retard, et ce n'était pas son genre. Sans doute tablait-il sur le fait qu'au Lutetia, on ne perd jamais ses secondes, quand on est de la haute : à l'Aristide, le bar de l'établissement, il y a toujours des conversations à entretenir, des trombinoscopes à mettre à jour – et des rivaux à saluer, de loin, geste barrière appuyé, ou non. Mais l'heure tournait, et sans nouvelle, sans un mot, pas la moindre notification.

Madeleine Jiffré constata sans émotion particulière que la récente rénovation du palace avait gommé toute trace du passage des nazis, puis, par une association d'idées dont elle avait le secret, elle plongea dans Twitter, pour prendre la température et surveiller si ses *bots* marchaient – et ils marchaient ; les uns pour défendre tel joueur du PSG pris dans une affaire de sextape à la noix, la fille finirait bien par accepter le chèque et la presse par oublier ; les autres pour salir un député un peu trop en vue, et sur lequel il serait bon de semer le doute. Peut-être même pourrait-elle lancer les seconds sur les premiers, et lier de manière artificielle les deux affaires, la sextape, le député : l'art de la propagande recèle des charmes inconnus de ses adeptes.

Les *bots* étaient précisément la justification des bitcoins. Madeleine Jiffré expliquait à ses clients que régler les Russes en cryptomonnaie était le seul moyen de ne jamais se faire repérer. Elle disait aussi qu'avec les Russes, on n'est jamais trop prudent et qu'avec le Kremlin, on finit toujours par payer sa dette au prix fort, celui du sang.

Les yeux dans un de ses iPhone, celui à la coque rose, sertie de fausses pierres, qui dessinaient un mot comme un fétiche, « paparazzade's folies », Madeleine Jiffré ne vit pas l'homme qui s'avançait vers elle, la quarantaine, costume croisé impeccable, cheveux parfaits. Quand elle leva la tête, elle le jugea en un clin d'œil : dommage qu'il boite.

— Madame Jiffré ?

— Elle-même.

L'homme la dévisagea comme s'il avait mal entendu. Il pivota sur sa gauche pour tendre son oreille. Elle répéta qui elle était, l'inconnu sembla satisfait, il reprit :

— C'est monsieur Rex qui m'envoie.

Elle esquissa un sourire.

— Oui ?

— Oui. Il me demande de vous amener à lui. Une voiture nous attend.

Le messager avait une sacrée allure, cette élégance créole que Madeleine Jiffré avait pu admirer depuis sa fenêtre de la Santé, minuscule carré d'escapade qui donnait sur la cour de promenade du quartier des hommes. Elle ramassa ses affaires lentement, pour dire qu'on ne la sifflait pas comme ça, mais aussi, qui sait, pour admirer les fesses de ce beau chauffeur surgi de nulle part. Lui attendait, habitué, sourire léger. De sa fenêtre de la Santé, elle avait pu observer la dernière pissotière années 1920, à ciel ouvert, de Paris. Cet ultime affront fait aux détenus, tout-à-l'égout de la bonne société, avait, également, marqué Madeleine Jiffré : à dégueulasserie du monde, dégueulasserie et demie de sa vengeance.

Elle se regarda en son téléphone-miroir : son rouge à lèvres annonçait des ravages.

Boulevard Raspail, une immense berline électrique faisait l'admiration des badauds : coup de génie de la firme allemande, proposer un SUV mammouth, le vendre comme écologique et marger encore et encore par la grâce du greenwashing. Madeleine Jiffré connaissait toute l'histoire : on l'avait appelée à la rescousse pour ouvrir la contre-attaque médiatique des marques automobiles, au tournant des années 2010, quand les constructeurs germaniques avaient été soupçonnés, l'un après l'autre, la main sur le cœur et dans le moteur, de traficoter les valves pour minimiser leurs émissions polluantes.

Si le capitalisme pouvait vendre sa propre mort, il se pousserait au suicide, s'était dit Madeleine Jiffré, qui se voyait bien dans le rôle du croque-mort. Madame Quinquennat était convaincue que suivre l'argent est la seule option valable. En attendant, le capitalisme se contente de tuer les autres, à petit feu ou à crédit, ce qui revient au même, la seconde formule étant la version présentable de la première.

Avec le Dieselgate, Madeleine Jiffré avait ramassé le pactole de sa vie : se comporter comme ses clients était sa règle. Moins ils étaient moraux, plus ses tarifs flambaient. C'était la raison qui faisait dire à Madeleine Jiffré qu'elle se voyait en position idéale pour proclamer l'éloge funèbre de l'argent-roi.

La conseillère s'attendait à ce que son accompagnateur lui ouvre la portière du carrosse, et grimpe à l'avant. Mais l'inconnu l'a prise par le bras, sèchement, en lui disant qu'on ne monterait pas dans cette voiture, mais qu'on marcherait en face, jusqu'au square Boucicaut, que c'était une demande de Rex. Madeleine Jiffré comprit que l'homme n'était pas chauffeur, il n'était pas portier, il n'était pas domestique.

Mais pourquoi cette brutalité ?

Elle protestait, il restait de marbre.

Une voiture s'arrêta à leur hauteur, une Fiat 500 modernisée, ce genre. De l'intérieur, le conducteur ouvrit la porte passager, mania le dossier et l'inconnu poussa Madeleine Jiffré à l'arrière, avant de se glisser à son tour sur la banquette, écartant sa jambe douloureuse, la gauche, au point de coller celle de Madeleine Jiffré, son costume contre sa peau. Elle sursauta.

— Ne vous inquiétez pas, dit-il.

Madeleine Jiffré ne broncha pas. Elle avait compris : réagir, c'était perdre. C'était comme donner son prix avant la moindre négociation. Elle le regarda. Cette voiture sans échappatoire arrière, ni vitre qu'on puisse baisser, ni porte à actionner, c'était une cellule.

Le conducteur exposa la situation : de Madeleine Jiffré, il savait qu'elle était courageuse, qu'elle avait adopté la seule attitude qui vaille en prison – respecter l'omerta ; qu'elle connaissait Mbappé et Messi, Hanouna et Macron, Zemmour et Booba, Lanvin et Mélenchon ; il mitraillait leurs noms, comme un tableau de chasse qui n'aurait d'autre justification que le poids des prises, non leur sens ; et que ça lui ferait bien plaisir de causer à leur sujet avec elle, mais qu'il était pressé.

— Vous voulez quoi ? tenta Madeleine Jiffré.

Silence.

— De l'argent ?

Silence.

— Des infos ?

Silence.

Il massait son menton, sans rien dire.

— Donc, quoi ? insista-t-elle.

Lui regardait Paris défiler, les quais, la Concorde, le tunnel Lady-Di. Puis, il se tourna vers elle :

— Vos services.

Madeleine Jiffré le fixa dans le rétroviseur. Qu'avait-il dit, au juste ? Services ou sévices ?

Elle était déçue. Que voulait-il, l'illuminé ? Bien sûr qu'elle pouvait régler bien des choses, et sortir de ce guêpier, mais elle refusait de baisser la garde ; si ça se savait, et tout finit par se savoir – Madeleine Jiffré était la mieux placée pour en avoir parfaitement conscience –, elle perdrait de sa superbe.

La Fiat s'engageait maintenant sur le périphérique. Elle reprit :

— À savoir ?

— Que vous nous aidiez à changer les choses.

— « Nous » ? Vous voulez dire : vous et votre homme de main ?

— Non !

— Non ?

— Nous : les damnés.

L'inconnu demanda à Madeleine Jiffré si elle avait du temps, parce que ça en prendrait un peu. Enfermée dans cette voiture, la femme voyait s'échapper ce qu'elle avait de plus précieux : la maîtrise de la montre. C'était ça, sa force de vente : créer l'événement, donner le *la*, ou plutôt vendre l'air de la pièce et du temps. Qui paye l'orchestre choisit la musique. Madeleine Jiffré en était arrivée au point, le sommet, où elle était tout à la fois cheffe d'orchestre et soliste, directrice de salle et critique. Dans la Fiat, elle se sentait redevenir spectatrice au balcon, baladée par le bon vouloir des autres, à attendre que les lumières s'éteignent pour elle et s'allument sur d'autres.

La voiture bifurquait maintenant sur l'A1, laissant Paris dans la lunette arrière, pour se frayer une percée, et haussmannienne, et du pauvre, dans ce 9-3 camouflé derrière les kilomètres de mur anti-bruit, parfaits cache-misère de tout ce que la bourgeoisie ne saurait voir : les résultats nets de ses propres turpitudes. Cette trouée était l'évidence même que tout ne tenait qu'à un fil, à un ruban de goudron à six voies. De Roissy à Paris, des avions au vivant qu'on tue, la banlieue grossissait, grossissait, bidonvilles avec fibre – et fibres de révoltes en sommeil.

Le chauffeur était bien renseigné.

— Ça vous rappelle des choses, Madeleine ?

Elle ne répondit pas, et plissa légèrement ses lèvres, comme pour s'assurer qu'elle était bien ce qu'elle était devenue, désirable, *importante*, puissante même, s'assurer qu'elle avait bel et bien échappé à cet enfer. Les parois cache-pauvres n'y faisaient rien : arrivée à Sarcelles, toute son enfance remontait. Miracle terrestre, les premiers grands ensembles, les Flanades, tenaient encore debout. Construites à la va-vite, dans les années 1950, à l'horizontale, longues barres sans fin ni lendemain, à coups de grues pressées qui avançaient le long d'une ligne droite de chemin de fer, les Flanades avaient avalé toutes les vagues : immigration rurale, espagnole, turque, algérienne, africaine, boat people, irakienne, afghane, syrienne. La famille Jiffré était restée, vaille que vaille, hormis un ou deux cousins, qui avaient pu se mettre au vert, à Villiers-le-Bel la voisine. Seule Madeleine avait osé le cap au sud, sur Paris Pouvoir. Un détail l'avait conduite dans cette direction. Comme disait l'autre, l'important n'est pas de prendre le train, c'est d'aller à la gare.

C'est de préparer armes et bagages.

D'attendre la guerre. En voiture de tête.

Le détail était fait de mots, une simple expression qui, en mutant, avait tout fait valdinguer, ce détail avait fait mesurer à Madeleine Jiffré la puissance dévastatrice des idées, et des images. Jusqu'à son adolescence, on ne disait pas les Grands Ensembles.

Mais le *Grand Ensemble.*

C'était autrement plus utopique, et de longue portée. Mais tout s'effrita quand l'urbanisme vit le monstre qu'il avait enfanté. La mauvaise qualité des bétons n'y était que la face visible du mal profond : parquer un être humain, c'est annoncer à Dante qu'il est bientôt bienvenu. Que c'est une affaire de temps, de mois ou d'années, de secondes ou de décennies, qu'importe la date exacte de la mise à feu, ce sera le Grand Incendie. Les émeutes de 2005 avaient été un prélude, Madeleine le savait, son accompagnateur aussi, peut-être, même les RG l'avaient su. Dans un rapport de synthèse, la direction centrale s'était permis de faire de la politique de la ville, la vraie, en évoquant un « soulèvement populaire des quartiers », cette conclusion avait ulcéré Sarkozy qui, une fois élu à l'Élysée, décida de couper la tête aux RG et d'en faire une DCRI, bientôt DGSI, pour la confier à son ami Drévillon. Mais tout le monde se moquait de ces considérations : tant que la main-d'œuvre post-immigrée était docile, discount et bonne travailleuse, le fil tenait.

La Fiat roulait dans ce que les Flanades étaient devenues, alignement de voitures mal barrées et de poubelles éventrées, de marchands de bouffe bon marché, tacos et kebab. Aux fenêtres, des jeunes filles filmaient leur jardin secret, en contrebas, pelouse sans pelouse.

Longtemps, les Juifs avaient tenu Sarcelles, surnommée La Petite Jérusalem. Élu maire, Dominique Strauss-Kahn en avait fait une expérience politique, entre clientélisme et citoyenneté. Comme deux voisins d'un même village, qui savent que ce qu'on raconte en ville n'a nul besoin d'être vrai ou faux, mais vraisemblable, Strauss-Kahn et Jiffré avaient toujours pris soin de s'éviter dans les réceptions parisiennes. Lors de l'affaire du Carlton, elle n'eut même pas à le refuser comme client.

Le chauffeur demanda à Madeleine Jiffré ce qu'elle pensait de tout ce décor. Au son de la voix de l'inconnu, elle savait que la réponse aurait son importance. Dans les quartiers, c'est une question de survie : tout est jugement, tout est direct, tout est vie, tout est instant. L'homme était peut-être l'un d'eux, un frère, un ami, un voisin, un guetteur, un qui fait ce qu'il peut. Madeleine Jiffré pourrait lui dire qu'en *connaisseuse*, elle savait reconnaître, aussi, la joie de vivre qu'on sentait là, sur ces terrasses sauvages de cafés semi-clandés, qu'elle percevait les rires des enfants, et les empoignades des grands, qu'elle trouvait notable la fresque Coexist, un peu délavée, mais vaillante, à la sortie du RER, avec le croissant islamique en guise de C, l'étoile de David en guise de X, et la croix chrétienne en T final, et que tout ceci méritait réflexion ; mais elle se ravisa.

— Vraiment ?

— Vraiment.

— Kärcher. Au Kärcher !

L'homme à l'arrière éclata de rire, et sa douleur à la jambe sembla aussitôt le relancer. À Madeleine Jiffré, le conducteur dit qu'il appréciait son goût pour la provocation, l'art de la réplique, ce truc de frères, la joute en arme non létale, et plus que ça : qu'il était soulagé qu'elle n'ait pas oublié ses origines. De Sarkozy, que Madame Quinquennat servait encore, il aimerait d'ailleurs bien lui parler aussi, mais ce n'était pas le bon moment. Sarkozy n'était pas allé assez loin, martelait-il. Il n'avait rien nettoyé du tout.

Madeleine Jiffré pensait le contraire. Elle affirmait que Sarkozy restait un modèle pour elle, et pour toute une génération. Elle essaya de défendre le président déchu. Elle ressortit les éléments de langage post-émeutes 2005, que des éditorialistes du *Monde*, d'Inter ou de RTL, avaient ingurgités et recrachés comme un seul homme : Sarkozy sait parler à la banlieue, il-est-comme-eux, racailles, Kärcher, il a les mots, l'attitude, le *bad boy* en bas des barres. Le rire de l'inconnu redoubla.

— Vous croyez vraiment à ces conneries ?

Madeleine Jiffré fit un signe de tête, dit combien elle avait appris au contact du président, l'omniprésence comme cavalier des esprits. Artisane de sa surexposition médiatique, ce n'est qu'après des années qu'elle apprécia la stratégie, aujourd'hui à l'œuvre chez tous ceux qui ont l'outrecuidance de s'imaginer utiles à la France : le trop-plein est un détournement.

L'homme au volant prit une légère inspiration, et regarda au loin, comme perdu dans un monde qui n'était plus le sien. Quelque chose était éteint chez lui, que ses paupières lourdes ne parvenaient pas à dissimuler :

— Mon père disait : *flanades, la vie n'est qu'une flânerie.*

Madeleine Jiffré posa ses yeux sur lui, intriguée plus qu'étonnée. Quel message lui passait-il ? Des menaces, une proposition ? La Reine de Paris sentit une raideur monter en elle, tandis que la Fiat s'arrêtait en douceur, sur une place comme Sarcelles la géante savait en offrir : en épi.

— Voilà, fin du voyage.

Madeleine Jiffré regarda alentour. Le conducteur réajusta son masque FFP2 et, d'un coup de menton, lui désigna un café sans âge, ou d'un autre âge, La Locomotive. À l'intérieur, le patron avait indiqué l'arrière-salle, s'ils voulaient être tranquilles. Madeleine Jiffré s'exécuta. Que pouvait-elle faire d'autre ? Elle écouta le chauffeur.

— Je m'appelle Jérémy, dit le Défracté. J'ai enlevé votre ami Philippe Rex. Et maintenant, vous allez sortir votre carnet d'adresses.

— Pardon ?

— Vous allez sortir votre putain de téléphone rose à la con, appeler la presse et dire que Rex est en quarantaine, le Covid ou je ne sais quoi, et après…

— Après ?

— Vous appellerez l'Élysée.

— C'est tout ?

— C'est maintenant surtout, vous comprenez ?

Sept jours avant le second tour

Brice Bataille piqua une de ses colères tonitruantes, dont on disait à l'Élysée qu'elles dépassaient en vacarme toutes celles que les murs du Palais avaient su jusqu'ici étouffer. Brice Bataille n'apparaissait pas dans l'organigramme présidentiel, l'authenticité même de son nom était sujet à interrogations ; rien de lui sur Google, hormis deux photos, non identifiées, et qui affichaient deux silhouettes si différentes, un corps élancé, un autre à l'embonpoint prononcé, que tout démontrait que l'un des deux clichés, *a minima*, était faux ; si ce n'est les deux.

Après trente-cinq ans de bons et secrets services, le nom de Brice Bataille était malgré tout sorti dans la presse, à la faveur du scandale Pegasus. Il apparaissait dans le listing des personnalités mises sous écoute par le cheval de Troie israélien. Le scandale dans le scandale – Qui est cet homme de l'ombre à l'Élysée ? avait tweeté un jeune philosophe raté en mal de buzz – fut rapidement éteint.

Deux coups de fil de Madeleine Jiffré avaient suffi. L'un, à *Marianne*, où un chef de service, prototype des journalistes interchangeables, jeune homme mais déjà ancien de *France-Soir* et de *L'Express*, comprit qu'en se taisant, il en reprenait pour un an d'abonnement en petites confidences ; l'autre, à son confident Philippe Rex, qui fit organiser séance tenante un débat sur sa chaîne pour noyer le poisson.

Il en relevait de la Sûreté de l'État, Bataille étant lui-même à la manœuvre dans le scandale Pegasus. C'était lui, depuis le Palais, qui pilotait le programme hautement confidentiel. Bataille avait passé un accord de sous-traitance avec le Maroc : il ne fallait pas que les citoyens français puissent imaginer que leur propre pays utilisait un logiciel illégal pour les espionner. Contre des formations policières gratuites, dispensées aux troupes du roi du Maroc, Rabat avait accepté de jouer les intermédiaires. Bataille avait tout de même pris la précaution de se faire mettre sur écoute, preuve de son innocence, en cas de remarques indiscrètes du président, ou de son entourage. Le conseiller n'avait jamais envisagé que son nom, un jour, puisse se retrouver étalé sur la place publique. Pegasus vendait de la certitude et de la certification : jamais personne ne devait pouvoir remonter sa piste. C'était sans compter sur une fuite d'un employé de la maison Pegasus, qui se rêvait un destin à la

Snowden, et dont la tête fut retrouvée gisant à ses pieds dans une ruelle de Jérusalem-Est.

Les cris de Brice Bataille avaient ceci de particulier qu'ils tranchaient avec sa voix d'ordinaire fluette, cette voix d'homme d'âge respectable, à la limite de l'inaudible ; des cris qui montaient dans les aigus, très vite, très haut, le temps de vriller l'espace, et de percer les portes à double battant, avant de descendre doucement dans les tons graves les plus sombres, que la voix ne se pose et retrouve sa tonalité habituelle, lente, et légère. Bataille savait ce qu'il faisait : c'était moins la rage, que sa manière de l'exprimer, dont les lapins de corridors de l'Élysée allaient assurer la rumeur, qui ferait sa légende.

C'était la colère d'un ventriloque, d'un soldat qui exécute d'un regard, sans la moindre expression du visage. Bataille était à part, Bataille criait à part. Sa longue silhouette droite constituait un autre de ses atouts : il savait que son élégance sévère d'homme mûr tenait la dragée haute à tous les petits Rastignac des beaux quartiers.

Bataille était le doyen des serviteurs de l'Élysée : 73 ans, dont la moitié passée là. Son bureau, minuscule, une mansarde, n'était accessible que de lui. L'occulte avait saisi très tôt l'avantage stratégique d'occuper une presque chambre de bonne : trop difficile d'accès, trop exiguë, trop banale, pour que des visiteurs formulent le souhait de s'y rendre. Ces six mètres carrés étaient le bunker le plus sûr de la République, avec double vue imprenable, en surplomb, la première sur la grille du Coq, l'entrée des visiteurs du soir, et l'autre, plus décisive encore, sur les fenêtres du bureau des Macron, Hollande, Sarkozy, Chirac et Mitterrand, que Brice Bataille avait tous servis avec égale loyauté. Il disait que cette vertu-là, si rare en cet espace, était son sauf-conduit. La jeune garde des prétendants, qui déboulait bruyamment dans les valises des nouveaux présidents, commençait toujours par regarder le vieux Bataille avec pitié et finissait envieux et jaloux, quand il était déjà trop tard, et qu'un nouveau quinquennat chassait leurs privilèges.

Brice Bataille avait emprunté le souterrain du Palais pour se rendre en face, avenue de Marigny, dans le vaste bureau de la cheffe de la Coordination nationale du renseignement. La chaîne de télé Rex News avait eu droit, une fois, une seule, à une visite express de ces mystérieuses catacombes – Stéphanie Latour, la jeune journaliste, tout émoustillée, avait eu ces mots : « On dirait l'abri de Raoul Tanguy 2.0 », avant qu'un expert de plateau, tiré de sa sieste, ne la reprenne d'un ton badin, et goguenard, l'œil légèrement salace, dans la tradition d'érotisme larvé chère à la chaîne d'information :

— 2.0, c'est pas bien respectueux du Colonel, mademoiselle !

Oubliant de préciser que Tanguy ne s'était jamais appelé Raoul mais Henri Rol-Tanguy.

Le scoop de Rex News répondait à une logique commerciale : il fallait surfer sur les rumeurs venues du mouvement des gilets jaunes. La guerre des polices avait un peu trop ébruité certains secrets de la République. Furent éventées des histoires de plans des égouts, pour évacuer les Macron en cas d'insurrection, ou de transits douteux de coffre-fort. La vérité était moins excitante : c'est par hélicoptère qu'il a toujours été prévu d'évacuer les présidents – raison pour laquelle les jardins de l'Élysée, en leur centre, et au grand plaisir de Brice Bataille, restent vierges de toute végétation qui pourrait gêner les pales d'urgence.

La vraie-fausse « affaire des égouts » (selon *Le Journal du Dimanche*) avait tout de même eu du bon, précisément pour Bataille et ses amis : l'effroi provoqué dans une partie de la population – le spectre d'un renversement du chef de l'État par quelques énervés – avait permis de doubler, ou presque, le budget du ministère de l'Intérieur. L'exemple du Capitole, à Washington, un an plus tard, fut agité pour achever les âmes récalcitrantes. C'était le travail de Bataille : manitou de l'influence sécuritaire.

Quand Rachida Haddad vit Brice Bataille s'avancer vers elle, elle savait. Elle savait ce qu'il allait lui dire, comment, dans quel ordre. Du moins, elle

savait l'imaginer. Rachida Haddad, 28 ans, sortie deux ans auparavant en tête de la promotion Charlie Hebdo de l'ENA, était surnommée Stretchy, du nom du premier supercalcuteur d'IBM, le 7030 Stretch, conçu en 1960. On disait qu'elle en était la réincarnation de chair. Les deux s'entendaient à merveille, la discrétion comme brique, l'étanchéité comme mortier. Si deux bonnes générations séparaient Bataille d'Haddad, et semblaient évacuer le moindre jeu de séduction, tout les rassemblait : l'amour du secret, le goût du service rendu à l'État, les deux étant parfaitement imbriqués, et la conviction inébranlable que la Ve République ne pouvait que tenir par et pour son centre. Qu'Haddad et Bataille ne soient pas démocrates était entendu – qui de sérieux, au juste, pouvait l'être à l'Élysée ? – mais la différence avec la troupe de la rue du Faubourg-Saint-Honoré était qu'eux ne faisaient pas semblant. Pas semblant de croire en la démocratie parlementaire,
au jeu des élections,
à la farce de l'opinion publique.

La directrice de la Coordination nationale du renseignement concluait souvent ses rendez-vous par des expressions puisées dans les réseaux sociaux. Emmanuel Macron, disait-on, appréciait ses manières décoiffantes, le président voyant d'un bon œil son influence s'étendre au Château, jusqu'à Bataille, son premier soutien et son plus solide appui, au grand désespoir des adversaires du duo, hauts fonctionnaires élevés en batterie, et à qui on avait inculqué les bonnes manières : courtoisie et bienséance en tout temps, avec cette once d'onctuosité pour faire croire que tout est sous contrôle du peuple.

La nomination de Rachida Haddad à son poste, ultra-sensible, avait fait tousser dans les couloirs du Palais, au point qu'on déplora deux démissions, aussitôt déguisées en mutations dans les îles. Comment le président pouvait-il confier à une femme aussi jeune, une Arabe qui plus est, le contrôle sur ce qu'on appelait le « premier cercle » du renseignement en France ? Comment une fille d'immigrés, même pas née en France – Rachida Haddad avait débarqué d'Algérie à Échirolles, banlieue grenobloise, à l'âge de 3 ans, parfait exemple exceptionnel de la méritocratie républicaine défaillante –, allait-elle pouvoir animer la coordination DGSE, DGSI, DRM, DRSD, DNRED et Tracfin ? Diriger toute cette troupe d'espions, de militaires, de contre-espions, de douaniers et d'inspecteurs des Finances, à quelques encablures du Saint des Saints ?

Bataille, seul contre les autres conseillers du président, avait œuvré pour la nomination de *la petite*, comme il l'appelait… Il suggéra à Macron d'ajouter au sigle CNR (Coordination nationale du renseignement) les mots « et de lutte contre le terrorisme ». En devenant la CNRLT, la cellule s'offrait les pleins pouvoirs. L'antiterrorisme autorise tout et mène à tout. Et surtout à l'essentiel quand l'exercice du pouvoir est votre métier : sauver les apparences républicaines.

Au fond de sa mémoire, Bataille gardait une rancœur tenace contre quelques chiens de presse, rares mais pugnaces, qui n'avaient pas voulu comprendre ce qui se jouait derrière le *Rainbow Warrior* – affaire qui avait failli lui coûter sa place, sa première, au début, quand la mansarde sous les toits élyséens était perçue comme un placard. Bataille s'était juré qu'on ne l'y reprendrait pas, il injecterait de l'antiterrorisme partout, meilleur raccourci au seul mode de gouvernance auquel il croyait : l'État d'urgence permanent.

Vingt ans plus tard, lors de l'affaire dite de Tarnac, en 2008, sous Sarkozy – le président qu'il avait sans doute servi avec le plus d'entrain –, Brice Bataille s'était même fait remettre la liste sans fin des ouvrages saisis chez les épiciers de Corrèze. La bande était accusée d'avoir déposé des fers à béton sur des caténaires SNCF, afin de ralentir des convois de déchets radio-actifs. Le Comité invisible, c'était son nom, avait une particularité : il lisait, massivement, et écrivait, plutôt finement. La police était revenue de leur perquisition les mains pleines d'ouvrages subversifs, au point que le petit monde d'écrivains gauchistes espérait très fort faire partie des heureux élus : se voir saisi par la police était la plus rutilante des médailles. Seuls les livres censurés, ou menacés de, valent d'être lus.

Certains membres du groupe de Tarnac avaient cerné avant tout le monde ce que le monde moderne, et Bataille en tête, souhaitait mettre en place, et en ordre : l'antiterrorisme comme alpha et oméga de la régence de toutes et de tous. Fin lettré lui-même, Bataille voulait savoir ce que ces subversifs étudiaient ; et c'est ainsi qu'il s'était procuré leurs ouvrages mis sous scellés. Lors de la proclamation de l'innocence des inculpés – deux présidents plus loin, et un Bataille toujours là –, ce dernier avait affiché un air satisfait qu'on ne lui connaissait pas dans les coursives du Palais. Le tribunal correctionnel de Paris avait estimé que « le groupe de Tarnac était une fiction ». Bataille, qui fut à la manœuvre dans l'affaire, était idéalement placé pour le savoir. Il savait que les mots sont au-dessus de tout. Ils créent des idées. Et créer des idées, fausses ou vraies, c'est gouverner.

La clé est d'en être toujours l'émetteur.

Que Rachida Haddad et Brice Bataille ne fassent pas semblant leur donnait à coup sûr un ascendant sur l'équipe qui couvait le président. Ils étaient l'avant-garde du commando : *no filter*, sans limite. C'était au-delà du cynisme, c'était le triomphe de Diogène : deux désinvoltes qui faisaient la leçon aux Puissants, et à leurs lieutenants, conseillers, chefs et sous-chefs de cabinet, directeurs et sous-directeurs de cabinet, attachés et sous-attachés, assistants et

– les plus incontrôlables – sous-sous-assistants. Sous cape, tout l'entourage présidentiel prédisait que leur ego, à *la petite* et au *vieux*, les perdrait. C'était une question de temps, espéraient les fantômes élyséens. Et si la campagne présidentielle n'était pas le bon moment pour porter le coup de disgrâce, leur chute viendrait tôt ou tard après la réélection du chef : Haddad et Bataille finiraient hors jeu, sifflés par une quelconque affaire, ou chassés par Macron vers de nouvelles missions. L'Arabe et le Rance n'auraient plus qu'à trouver quelque réconfort chez des journalistes abonnés aux livres de confidences plus ou moins inoffensives et calculées.

À sa nomination, Rachida Haddad avait pris soin de ne rien changer de la décoration de son bureau. Elle tenait à conserver intact le passage de son prédécesseur, un ancien de la DST, sommé d'aller faire le directeur de cabinet chez le ministre de l'Intérieur. Le mercato était également une idée de Bataille – lui disait *plan*, et attendait de voir si son interlocuteur décelait ou non le jeu de mots. C'était même le premier conseil qu'il prodiguait aux princes élus qu'il servait : veiller à toujours placer des gens de confiance Place Beauvau, à la fois ministère géographiquement le plus proche de l'Élysée, et le plus explosif.

Les tapis rouges ne cachaient pas leur fatigue ; comme les couloirs, leur ennui. Dans celui qui menait au bureau de Rachida Haddad, le plus long et le plus étroit, un esprit fantaisiste s'était permis d'installer quelques années plus tôt un distributeur de café sans âge, rendant aux dorures républicaines leur véritable éclat : terne. Même les portes hautes et larges, de bois massif, et qui s'étaient manifestement donné des airs de néo-Renaissance sous d'autres mandatures, n'offraient plus que le grincement de leur âge et de leurs gonds abîmés.

Rachida Haddad, peu au fait de l'humour policier, si particulier, marqueur cinglant entre ceux qui savent et ceux qui ne savent pas, était allée jusqu'à sauver la reproduction originale d'un album des Pieds Nickelés. Une couverture jaunie, titrée *Les As du contre-espionnage*, que son prédécesseur avait laissée en partant, posée sur la cheminée, comme une mise en garde du monde qu'elle allait diriger, tous ces Ribouldingue, Filochard et Croquignol à mater. Rachida Haddad trouvait distrayant le cadre improbable qu'il avait choisi : du plastique rouge Ikea.

À peine Brice Bataille avait-il ouvert la bouche que sa protégée comprit que l'heure était grave. S'il n'était pas rare que *le vieux* surgisse à l'improviste, ce n'était jamais en milieu de journée.

— Mado-la-Sado m'a appelé.

La crispation qui couvrait son visage faisait ressortir ses rides, les plus marquées, celles qui coulaient de son œil droit jusqu'à l'ouverture des lèvres – balafre de vieillesse et stigmates d'une vie à donner des coups.

Mado, c'était Madeleine. Madeleine Jiffré, la Sado, un de ses sobriquets. Depuis toujours, elle et Bataille se livraient une concurrence frontale. Elle croyait en la lumière, la presse *people*, l'entregent ; lui ne s'adonnait qu'au jeu de l'ombre et à la solitude des plateaux-repas. Elle était redoutable, il était redouté. Les deux avaient le célibat en point commun. Elle par esprit de conquête ; lui par goût du secret. Bataille avait connu assez d'histoires d'hommes ou de femmes brisés, perdus par leurs amours ou leurs maîtresses, pour se laisser tenter. Elle : romances et trahisons étaient son fonds de commerce.

Un soir de mise au point, des années auparavant, François Hollande les cloua des yeux ; abrité derrière ses lunettes, le président d'alors savait se montrer persuasif. Il leur rappela que pour faire la météo, il faut la pluie et le beau temps, le soleil et les nuages, Madeleine et Brice – le cliché amusait beaucoup le président, Madeleine voulut en faire une *story*, et Bataille gagna : il était hors de question que son nom circule. Depuis cette date, il était persuadé que la Caméléon voulait sa mort sociale, comme elle piétinait tous les destins qu'elle croisait, en leur promettant gloire, célébrité et caméras. Elle avait réponse à toutes les vanités : Madeleine Jiffré savait actionner les bons leviers pour ses *chéris*, en quête de reconnaissance, ou trop lâches pour refuser le jeu imbécile de l'individualisation. Bataille était persuadé que c'était elle, la Givrée comme il la surnommait aussi, qui avait balancé l'adultère d'Hollande. Il jugea néanmoins plus sûr de la boucler. Bataille jouait toujours gagnant, jamais placé. Il était déjà en route pour le cabinet noir de Macron quand la presse sortit les photos du président en scootériste volage.

— Qu'est-ce qu'elle veut, la Mado ? demanda Rachida, le front soucieux.

Elle n'avait jamais vu son mentor ainsi, aussi crispé, si sec, plus grand que jamais. Ses bras n'en finissaient pas, et sa main gauche qui s'agitait, ses doigts à la limite de la rupture – craquement d'os des mauvais jours.

— Que le chef accepte un débat.

Il détachait les mots :

— À la télé... Là... Avant le second tour.

Rachida l'interrompit pour ouvrir un coffre de métal. Brice Bataille en connaissait l'usage et la contenance – un mille-feuille de tissus rembourrés qui dissimulait un brouilleur. À la vérité, Bataille savait qu'il existait deux modèles de cette boîte. Le vrai, qu'elle lui tendait, à fermeture argentée, et le bidon, doré, qu'elle servait aux journalistes de passage, venus chercher quelques miettes de la République. Certains d'entre eux étaient d'authentiques francs-tireurs, mus par une quête de vérité qui faisait bon et peine à voir en même temps ; d'autres par pur instinct de braconneur de secrets. La première boîte servait de cage de Faraday inviolable ; la seconde aspirait toutes les données.

De la poche droite de son gilet trois pièces, Bataille extirpa son téléphone, le glissa d'un geste rapide dans le coffret, et attendit la procédure : que Rachida ferme le coffre, le place dans un autre, plus grand, pour continuer :

— Un débat avec un dingue… un surnommé le Défracté.

— C'est qui ?

— C'est ce que je suis venu te demander, Rachida.

La femme pianota sur son ordinateur, le sécurisé, le qui tournait sous un Linux maison, relié à l'intranet de la Coordination, une des sept machines autorisées sur le serveur Secret Défense.

— Le Défracté, tu dis ?

— C'est le nom que la Sado m'a donné.

— Et il fait quoi, le garçon ?

— Un survivaliste, si j'ai bien compris.

— Je veux dire : profession ?

— Livreur Amazon.

— Pardon ?

— Enfin, pas lui. Son complice. Un dénommé Momo. Lui, je sais pas.

Bataille poursuivait. Madeleine Jiffré l'avait appelé pour sa discrétion. Un temps, il avait cru à un chantier, un piège qu'elle lui tendait. Elle disait lui téléphoner sous la menace dudit Défracté, qui disait à son tour avoir enlevé Philippe Rex.

— Elle m'a donné aussi un prénom… Jérémy…
— Juste un prénom ?

Rien ne remontait sur l'ordinateur, nulle trace, nulle part, d'un quelconque Défracté. Et une petite trentaine de Jérémy.

Rex kidnappé ? Aucune alerte. La presse parlait juste d'un Covid un peu costaud, qui l'aurait cloué au lit.

Ce que Rachida Haddad relevait, c'était le tout-venant : des fichés S un peu trop voyageurs, un groupe de militants de L214 excessivement bruyants, le lot habituel de djihadistes sur écoute – mais pas de Défracté, pas de survivaliste en action.

Bataille racontait qu'il avait d'abord agoni d'injures Madeleine Jiffré – jamais, jamais, la communicante ne devait l'appeler ! C'était leur accord de toujours, leur paix des braves. Le prix des conspirations réussies.

Peut-être avait-il trop fait savoir sa colère ? Oui, sans doute, il avait crié. Et crié trop fort ? Mais voyons, mais tout de même : le sang-froid a ses limites. Bataille racontait qu'il s'était ensuite ravisé – la voix de Jiffré ne mentait pas, des événements critiques se fomentaient, là, au pire moment qui soit, au moment de la fournaise totale, de la semaine rouge des quinquennats : à quelques jours du débat de l'entre-deux-tours entre le PR et son challenger.

— Elle a promis me recontacter bientôt, ajouta Bataille dans un souffle.

Six jours avant le second tour

Rex ne comprenait pas ce que je lui disais. Il me regardait avec cette manière qu'ont les otages – tous : des yeux vides, qui n'ont plus de haine plus d'amour, sitôt qu'ils ont capté. Des yeux qui scrollent, qui se perdent dans les vôtres, sur les vitres, sur les murs, au plafond ou sur le sol, n'importe où. Des yeux d'angle mort.

Au Donbass, j'avais appris ça : filtrer le regard de la proie, condition pour ne rien éprouver et tenir la baraque. Le Donbass, guerre de tranchées d'aujourd'hui, Chemin des Dames d'un centenaire piteux, quelque part entre l'Ukraine et la Russie, et dont la presse se contrefoutait. Une indifférence généralisée qui faisait de la région un terrain de jeu idéal pour des gens dans mon genre.

En quelques heures, Rex avait perdu sa suffisance. Du flibustier de la finance, il ne restait qu'un pavillon en berne. Comme elles semblaient loin, les Marseillaise d'Extrême-Orient, Compagnie des

Phares, Plantations d'Indochine, toutes ces îles marchandes laissées par son paternel, ces trésors de métaux rares, de batteries rechargeables, de filons bio à l'autre bout du monde et aux bilans carbone désastreux. Dans ma ferme, menotté dans ce qu'il restait de l'ancienne étable, où était-il passé, le Gentlemanraider, le Petit Prince du cash flow, Smiling Killer, Mister Newsman, le Roi du Tabac et de la TV-qui-tabasse ? Tous ces surnoms dont les médias, qu'ils soient entre ses mains ou non, l'avaient affublé. Philippe Rex avait atteint ce seuil critique qui vous donne les pleins pouvoirs : inutile de posséder *toute la presse*, quelques organes clés suffisent pour que le monde vous obéisse.

Rex News, c'était ça : le commando à la pointe du combat, en première ligne. Dans la guerre des télés d'info, il y avait du Donbass sur cette chaîne : ses journalistes se battaient comme des mercenaires. Tels les chiens fous russes croisés sur le front de l'Est, gavés de Captagon et de dollars, ivres de leur surpuissance de dopage et de provisoire. Les uns comme les autres finiraient mal : soldats du journalisme ou de l'impérialisme, quand, doublés par plus cinglés qu'eux, ils comprendraient ce à quoi ils avaient participé – ce serait trop tard.

Au moins, au Donbass, les gars mettaient leur corps en jeu ; mon épaule droite en gardait trace, une balle perdue ; quand, à Paris, les plus périlleux n'avaient que des SMS à esquiver.

La peur dans les yeux de Rex n'était pas ce que je cherchais et mes préventions n'avaient aucun rapport avec l'éventualité d'un futur procès ; si RAID ou GIGN devaient me laisser en vie, après leur assaut qui finirait bien par arriver tôt ou tard… Il y avait belle lurette que je ne croyais plus en la justice. Les magistrats les plus sincères finissent par se suicider, au bout d'une corde, ou à petite dose dans l'alcool, et dans l'oubli.

— Vous me détachez ? demanda Rex.

Je le scrutais, songeur.

Ma ferme était le dernier vestige d'un hameau, englouti sous les années. Pour y accéder, il fallait arpenter un chemin inaccessible aux voitures et même aux tracteurs – personne dans la commune ne voulait payer l'élagage pour-cet-accouru-qui-vient-jamais ; l'accouru c'était moi, le Parisien, et de la pire espèce, Jérémy, le gars de banlieue, solitaire et mystérieux, célibataire et taiseux. Les on-dit du village étaient parvenus à mes oreilles, ils me ravissaient, un gars comme ça, sans femme, qui se terre des mois, c'est pas un gars normal. J'avais toujours pris soin de ne jamais remettre en cause cette belle unanimité : mon choix s'était porté sur cette maison précisément pour sa position en hauteur, et reculée, dans les bois et la brume. Elle m'offrait la garantie de voir l'ennemi arriver, de nuit comme de brouillard. Je ne voulais ni goudron, ni chemin empierré, ni haies bien taillées : la jungle bocagère me convenait à merveille.

Le prix de ma survie.

Qui, je dois le reconnaître, n'était guère élevé : la maison, en ruines, valait moins que la terre sur laquelle elle tentait de tenir.

— Un cadeau de la vie, m'avait dit l'agente immobilière, une rousse, amusante et rapide, que je croisais de loin en loin au marché de Bellême – et qui tourna mal, parasite de gauche, puis de Macron.

Trajectoire banale de ces sociaux-démocrates qui, sous le poids des ans et des crédits, se recroquevillent sur leur petit amas d'ego et de bibelots.

— Vous m'emmenez où ? On sort ?

Rex débitait ses peurs en rafale, des paniques de roi déchu, d'enfant redevenu ; frayeurs de puissant mis à nu. Il n'était plus qu'une ombre, écrasée par le soleil de la revanche.

La mienne.

Rex avait des faux airs de Steve Jobs, derrière ses lunettes rondes. Dans la voiture, il m'avait dit tout le bien qu'il pensait des gourous high-tech, ces dieux païens, une bande de trouducs, les Bezos, Zuckerberg, Jobs, des décérébrés. Rex avait grimacé quand je lui avais raconté ma théorie sur le PDG d'Apple : quand il avait inventé l'iPhone, Steve Jobs se savait condamné par un cancer. Il avait créé l'iPhone comme une malédiction pour les hommes, le poison de l'enfermement et du mouchardage.

Au Donbass, j'avais vu tout ce qu'une guerre civile peut offrir, et les Netflix du bas monde sublimer : les pillages, les viols, les bains de sang – entre cousins, entre voisins, entre frangins. J'avais assisté *a contrario* à des élans indépassables : des inconnus qui se soignaient, des ennemis qui s'entraidaient, des âmes qui partageaient leur quignon de pain. D'une certaine manière, face aux horreurs, on pouvait dire qu'on faisait de l'humanitaire. Seules nos méthodes différaient de celles de Médecins du monde.

Ma ferme, à terme, deviendrait un lieu défendable *et* solidaire, un abri clandestin *et* collectif. Un refuge pour accélérationnistes qui précipitent le Mal pour faire triompher le Bien. Contre l'Apocalypse nucléaire, le Grand Remplacement, et le Virus mondialo-terminal : la guerre raciale.

Mon refuge proposait le minimum vital : des placards pleins à craquer de nourriture non périssable, des kilos de semences, tout l'équipement nécessaire en purification d'eau et en pharmacie, avec salle de soins, et des pelles, des râteaux, l'autonomie en énergie et des livres. Face à la montée des périls dans notre société, j'étais prêt, rouage invisible d'une Garde territoriale sans nom.

Philippe Rex semblait ne rien comprendre. Ou faisait-il semblant ?

Il s'accrochait à ses croyances. Il disait que la France était une République, qu'elle sait prendre soin de ses enfants – tant qu'ils prennent soin d'elle, précisait-il, et ça voulait tout dire. Au pas, il faut accepter la cadence infernale. Rex ne mesurait pas la gravité de la situation, il croyait que tout pouvait se résumer comme sur un plateau télé : les bons, les méchants, et la pub à la fin.

Rex me proposa un marché. À ses enfants perdus, la République reconnaissante. Il me fit miroiter qu'un peu d'argent ferait l'affaire, peut-être un emploi stable, une place dorée, n'importe où, je n'aurais rien à accomplir, juste à choisir ? Il n'y a qu'à se baisser, il n'y a qu'à se baisser, répétait-il, même au fleuron de son empire, Rex News, si je voulais, ou dans une de ses filiales, à Paris, à Marseille, ou en Thaïlande ; tiens, pourquoi pas dans un de ses innombrables départements sécurité, vu mon maniement des armes et mon passé de vigile, dans les supermarchés de banlieue, à traquer les remplaceurs-resquilleurs. Rex égrenait ses points de chute comme autant de retraites faciles. Il regardait ma bicoque avec dépit – le mépris aurait été trop dangereux dans sa situation.

Oui, voilà, la sécu, c'était mon rayon. Rex disait ignorer combien il possédait d'entreprises dans cette branche ; la sous-traitance, martelait-il, c'est la clé en cas de pépins, et Dieu sait que le secteur en génère : personne ne sait qui fait quoi, qui commande, qui est commandé. Entre gens prévenants, glissait-il, on peut se comprendre, non ?

Rex riait et je me disais que le gars était plus abîmé que moi. Il pouvait changer d'humeur en une seule expression du visage : terrifiée, orgueilleuse, suppléante, moqueuse, méprisante. Ces sautes d'humeur étaient la marque de l'enfant-roi qu'il avait toujours été.

— Des poupées gigognes, les boîtes de sécurité. Le modèle russe, on n'a rien fait de mieux en la matière…

Je répondais à sa moquerie par un sourire de circonstance. Rex savait pour le Donbass, il savait quel fut mon camp. Celui de Moscou, de nos frères slaves. Au moins, Rex avait du cran. Il me cherchait.

Un second chemin, en ligne d'échappée, partait de ma fermette. Je l'avais dessiné au fil des années, pour parer à toute intrusion. Le passage coupait à travers bois, où quelques frênes sauvages donnaient sur une voie romaine oubliée, une échappée d'une dizaine de mètres. L'ensemble débouchait sur un ruisseau, fait de vase, de branchages, d'eau croupie.

Mon jardin secret.

Inconnu du cadastre, des GPS et des chasseurs.

À Rex, qui trouvait encore la force de s'intéresser à son pauvre sort, j'exposais la situation. La base du survivalisme, c'est celle du capitalisme : toujours évaluer les plans de fuite, les solutions de repli, exiger en tout temps méthode et efficacité.

Il comprenait :
— Préparer le rebond en cas de banqueroute ?
— Ou d'effondrement.
— La collapsie-machin ? tenta-t-il.

Je poursuivais :
— J'ai beaucoup appris en vous étudiant.
— Ah ? fit-il, tandis que sa mine passait de l'effronterie à l'inquiétude.
— Je vais vous montrer.

J'enfonçais le canon dans son dos.
— Accroupissez-vous, Rex.
Il protesta :
— Pardon ?
— Approchez-vous de l'eau.
— De l'eau ?
— Dépêchez-vous, Rex ! Vous comprenez ?

Rex ploya les genoux, non sans mal. Il craignait pour sa réputation, il refusait qu'on le voie ainsi, prostré, dans la position de l'oiseau blessé, ou du rat mort, pas de photo, pas de photo, supplia-t-il, tandis que je dégainais mon téléphone. Un Fairphone, entièrement chiffré.
— C'est une idée, ça.

Simulacre du temps présent, mon téléphone multiplia le son factice des déclenchements d'avant. D'avant tout ce cirque. Les muscles de Rex étaient pris de spasmes, il semblait sur le point de vaciller.

— Approchez-vous encore, dis-je.
— Du ruisseau ?
— Exact.
— Là ?
— Là, c'est bien.

Rex me supplia du regard avec le désespoir du condamné pour son bourreau. En quoi croyait-il à cet instant ? À qui pensait-il ? Son visage avait changé à nouveau : de couleur, de lumière, de teint, de ton – de tout.

C'était effroyable.

C'était le Donbass qui revenait, au cœur du Perche, petite enclave normande pour bobos parisiens en mal de déconfinement.

Je pensais au cimetière des frères martyrs de Marioupol, et à une épitaphe en particulier, taillée comme on avait pu : « Notre victoire ne vient pas du nombre d'ennemis que nous tuons, mais du nombre de personnes que nous sauvons. »

Et lui, à genoux, dans la boue du Merdereau, mon paradis, le véritable nom de ce ruisseau : l'eau-de-merde. Les anciens du village disaient que ce nom remontait au moins à la Terreur. Je n'avais pas enquêté plus avant, la Terreur, c'était bien.

— Maintenant, dites quelque chose.

Il me regarda d'un air presque attendri. Ce type était plus cintré que ce que ses ennemis laissaient entendre, quand ils n'étaient pas soumis au silence.

— Dites un mot d'amour, susurrai-je.

— Un… mot d'amour ?

— Dites « je t'aime » par exemple. Vous comprenez, Rex ? Je t'aime.

Rex obéit. Il croyait devoir me plaire, ou me séduire. Faire n'importe quoi pour s'attirer ma grâce. Je pouvais tirer, bam, une seule balle, et il n'était plus là.

— Je t'aime, dit-il faiblement, son regard sur moi.

— Monsieur Rex…

— Oui ?

— Ce n'est pas à moi que vous devez dire ça. C'est à l'eau.

— À l'eau ?

— Au ruisseau, oui. Je t'aime. Au ruisseau.

L'homme d'affaires eut un sursaut d'orgueil, pas tout à fait tranchant, sa voix faiblissait, mais tout de même, il me demanda si je me foutais de sa gueule.

Je lui dis que non, triple non.

— Je regarde comment l'eau réagit au son.

Il répliqua d'un hein ? qui voulait se donner du temps.

— Je soumets l'eau aux mots, aux phrases, aux sons. Les mots, ce sont des sondes. Et des ondes. Un peu comme votre télé. Sauf que moi, c'est dame nature. C'est la Vérité.

— Vous êtes timbré ? explosa-t-il.

Je visais sa tempe.

— Moins que vous. Moins que tous ceux de votre espèce qui nous précipitent dans la tombe. Sans des gars comme vous, la collapsologie serait achevée. Le Grand Effondrement serait là ! Enfin, la guerre raciale ! C'est vous, les dingues. Les lâches. C'est vous, les assassins de la Civilisation. Avec vos petites télés, vos petits iPhone, vos petites tablettes, vos objets connectés avec le diable.

— Mais enfin, protesta-t-il, avant de se taire.

Je lui expliquai que la langue n'avait pas d'importance, Rex pourrait parler ukrainien ou islandais, ce serait pareil, chinois s'il voulait ou avec l'accent outaouais. Ce qui importait : les ondes.

C'était le souffle humain qui devient message dans l'eau.

Puis que l'eau, une fois congelée, se cristallise, qu'elle se compose, qu'elle prenne forme... Quand elle s'organise, l'eau devient tableau. La mémoire de l'eau, la mémoire du monde.

Je sortis un petit récipient en verre.

— Allez-y, remplissez-le.

Rex s'exécuta.

— Et maintenant, transmettez votre message.

Sur le chemin du retour, Rex me demanda ce que ça signifiait, *tout ça*. Il disait *tout ça*, comme si ce *tout* n'avait pas prise sur la réalité, la sienne, la commune ; la réalité des richards qui dominent le monde et se moquent bien des crève-la-faim comme moi. Rex avait saisi une chose : s'il se tenait sage, je ne le toucherais pas, il s'en sortirait sain et sauf.

Il me bombardait de questions avec une sincérité que je lui découvrais. Peut-être même qu'elle me touchait ? Il s'interrogeait sur la congélation de son *je t'aime* ? D'où ça me venait, un truc pareil ? Et que ferais-je de tout ça, une fois la révélation révélée ?

Tandis que nous remontions la pente, Rex m'écoutait, le regard loin, le récipient d'eau en mains, comme sur un chemin de Croix, il était beau à voir. Je lui donnais un cours d'anatomie. Nous sommes faits de 70 % d'eau. L'eau est à la fois notre trésor et notre fragilité, nos muscles et nos fuites. L'eau nous comprend mieux que nous-même, *elle est nous-même*, l'eau ne trahit pas. Nous croyons au langage, lui, Rex, par exemple, il croit aux ordres, il croit à la puissance des mots, des phrases qui claquent, des consignes orales : sa chaîne de télé nomme les faits, elle est langage, elle est pouvoir, elle décide ce qui est et ce qui n'est pas, montrable/pas montrable, ce que l'on nomme et ce que l'on discute, ce qui mérite de l'être et ce qui devient invisible – mais en réalité, elle n'est rien. Rex News n'est rien. Une trombe d'eau, une inondation, un torrent d'émeutes – et elle s'écroule.

Tout s'écroule.

Même le langage corporel, ce n'est pas grand-chose. C'est du spectacle, du théâtre, de la mise en condition. Il y a tellement mieux que les mots. Tellement !

— Tellement ? demanda Rex.

— Il y a… il y a… Les ondes ! Les ondes ! Vous comprenez ?

Je divaguais, avançait-il. Rex s'accrochait pourtant à mes paroles, au cas où – à mes paroles et, sans doute, aussi, à mon fusil-mitrailleur.

— Nous ne sommes que ruisseau, voyez-vous, Rex. Parfois nous sommes à sec, parfois on déborde, parfois des branchages viennent profiter de notre courant ; ici, il y a un barrage, un obstacle, quelque chose à surmonter, un poisson à étouffer ; pour vous, une équipe à licencier. L'eau, l'eau, la vraie, celle qui nous constitue, pas celle emplastiquée, c'est la vie. Le réchauffement, c'est quoi ? C'est pas la sécheresse, c'est la montée des eaux. C'est la première réponse de la Terre aux hommes ! L'eau qui monte, qui monte, qui jette des millions de gens sur les routes. Des noirs, des jaunes, des Indiens, qui fuient les rizières fragilisées, les lopins agricoles saccagés, et qui viennent nous envahir. Prendre notre place, et nos femmes. Voilà pourquoi il faut écouter l'eau. On ne naît pas poussière, on naît flotte. Vous comprenez ? Il faut lui parler, à cette eau, il faut la congeler et regarder ce que marque notre âme : l'eau fossile, c'est le futur. Et le futur n'est pas écrit, vous comprenez, Rex ?

Il fit un signe de tête, de déception.

— L'eau, ce sont les remous, c'est le tourbillon, c'est la vase.

— Oui, oui, dit Rex, éreinté.

Il arrêta sa marche, prétextant être à court d'oxygène, qu'il n'avait pas l'habitude de crapahuter autant. On souffla un moment, et je lui dis de se rhabiller un peu, s'il le souhaitait. Il était transi, ses chaussures trempées, sa chemise débraillée, ses cheveux en pagaille : l'ombre de lui-même. Sa tenue me renvoyait à Marioupol, jamais je n'oublierais le visage de cet enfant, 10 ans à peine, abattu, bam, bam, deux coups de feu, par un dénommé Cesare, un volontaire italien. Qui croyait à la lutte armée, comme moi. Ce jour-là, la vie se déroba sous mes pieds. La seule issue était de catapulter les hommes dans leur chute, puisque c'est ce qu'ils veulent, les hommes, c'est ce que Cesare m'avait démontré : j'avais assisté, en direct, à la fin de l'humanité. Deux coups de feu, sourds, et tout s'était écroulé. Le tireur avança que le gamin avait voulu s'échapper, et qu'il fallait en faire un exemple.

— Vous voyez, Rex. Le corps humain résiste plusieurs jours sans manger, mais pas sans boire. L'eau, c'est l'atome. Notre réacteur. Sans eau, on meurt, et vite.

À Marioupol, j'avais choisi le camp des Séparatistes. C'était ma Blitzkrieg, mon engagement, nous protégions les bâtiments administratifs contre les pro-Européens de Kiev, j'avais dû déchanter rapidement. Dans mon bataillon de l'Unité continentale, j'avais croisé des gens bien et des aventuriers, des étudiants et des militaires à la retraite, et des inclassables, et des salopards, des Facebook Warriors et des égarés de l'ego ; des idéalistes de ma trempe, et des dingues comme Cesare. Ce jour-là, nous étions tombés dans un guet-apens. Le début d'un siège qui allait durer six mois, enfermés au centre des impôts de la ville. Le monde entier se désintéressait de nos combats, c'était trop compliqué : Poutine, l'Ukraine, il y aurait bien de vagues résolutions pour la paix, un sommet Merkel-Hollande, mais tous les Rex News du monde détournaient leur attention.

Et Cesare finit par faire son paquetage. Il trouvait que ça manquait d'action, le Donbass. Quand il est parti, je lui ai serré la main, comme à un condamné à mort.

Dans le camion qui, la veille, nous avait amenés de Paris à ma planque, Rex me dit comment ils appelaient ça : un *off sonore*, une scène muette sur laquelle un présentateur résume en une fraction de seconde ce que le pékin moyen doit savoir et oublier aussitôt. Le *off sonore*, sur l'échelle des valeurs télévisuelles, c'est juste avant la mort : l'absence totale sur les écrans.

Je le reconnaissais : le Donbass, ce n'était pas simple, ce n'était pas buzzable, pas de fous d'Allah en vue, rien qui puisse raccrocher aux ménagères de moins de 50 ans. Moi, j'y avais tout appris : les rudiments de la survie – et de la prise d'otages.

Le gamin assassiné fut mangé deux jours durant par les chiens errants, avant qu'une ambulance de fortune ne vienne chercher les lambeaux de sa dépouille.

Je lançais un grand cri à travers bois :

— Fuck off !

Rex me regarda, sidéré. J'hurlais à nouveau :

— Fuck off and fucking fuck off ! Vos histoires de *off*. Voilà : Fuck off ! Vous comprenez ?

On reprit le chemin vers ma ferme :

— Souvenez-vous, Rex ! De l'eau et des munitions. Toutes les armées du monde vous le diront. De l'eau et des munitions.

Philippe Rex retrouva son sourire, ce sourire qui dessinait le galop de sa pensée. Il ramenait encore la situation à sa vision du monde. Il répétait de l'eau et des munitions, de l'eau et des munitions, comme un mantra ; de l'eau et des munitions, de l'eau et du cash flow, du pouvoir et du cash flow. C'est en pénétrant dans la maisonnette, par la petite cuisine, qu'il cessa son manège. Son corps partit dans un demi-tour, frôlant d'un peu trop près le canon de mon fusil. Il planta ses yeux dans les miens ; Rex avait l'air sérieux, terrifiant, il avait l'air du Rex des articles de presse, autoritaire, cassant, il avait retrouvé ses munitions :

— Pourquoi vous voulez débattre avec le président Macron ? Et avec Sénéchal ? Elle est dans votre camp, Sénéchal ?

Il alla s'asseoir près de l'anneau de la « meeting room » – c'est comme ça que j'appelais l'ancienne étable. Il attendait que je lui passe les menottes. On devient vite otage. « Meeting room », c'était pour lui rappeler ses habitudes. Il répéta :

— Débattre avec le président Macron ? Pourquoi ?

— D'après vous ?

— Vous êtes un fou, Jérémy. Tout est possible.

— Absolument, le pire comme le meilleur sont à portée de main. Chaque vétéran sait ça. Kurdistan, Afghanistan, Irak, Serbie, Seine-Saint-Denis.

— Oui, mais… pourquoi le président Macron ?

— Parce que je veux que ça cesse.

Je serrais ses pinces.

— Que tout ça cesse.

Le patron baissa les yeux. Ses lèvres semblaient se livrer à un duel, la supérieure mangeant l'inférieure, qui mordait la supérieure. Macron ? À l'évidence, il ne le portait pas ou plus dans son cœur. Ça sentait l'amour déçu. Rex disait le banquier incapable de tenir le pays, plus tout à fait adolescent, pas encore adulte, tiraillé entre la volonté d'apparaître social, et libéral, l'ingratitude même, jurait Rex, qui répétait : comment l'animal a-t-il pu si vite oublier que la seule politique qui vaille est celle de l'antisocial, mère de toutes les divisions et de toutes les vertus ? Il me parlait de son *app* maison, je lui rappelais que je ne voulais rien savoir, que toutes ces technologies me dégoûtaient. Rex révisait tout haut : s'accommoder de la présence d'Emmanuel Macron était encore possible – après tout, il restait un ami de la finance et un ami de la finance, ça se ramène tôt ou tard à la raison –, mais était-ce *souhaitable* ? Cinq années de bonus ?

Personnellement, je ne raisonnais pas en temporalité si longue. Je ne pensais même pas en homme, en femme, en individus, toutes ces considérations de marionnettes n'avaient plus prise sur moi. Je pensais en système, qu'il faut briser. Je repris :

— Je veux prouver aux gogos qu'on n'est jamais sur un plateau de télé par hasard, il faut des circonstances, des liens, des intérêts : il faut arracher sa place. Sénéchal, c'est la moins pire, mais ce n'est pas assez.

Par la fenêtre, la brume normande entamait son travail de sape. Ma longère allait disparaître. On serait bien. Même la manie de Rex de répéter « le président » quand il causait de Macron ne m'irriterait plus. Rex frotta les semelles mécaniquement et prit les devants, sans que je lui demande quoi que ce soit :

— C'est d'accord.

— D'accord quoi ?

Il jeta un œil dans la pièce. Un monde semblait s'ouvrir à lui, à moins que ce ne soit l'ancien qui revenait à la surface. Avant son enlèvement, j'avais étudié son cas, de fond en comble. Je lui rappelais cela aussi – sa vie m'en disait beaucoup sur la mienne. C'est la base du rapt : une cible choisie, ce n'est pas seulement une cible de choix, c'est une cible travaillée. Je connaissais tout de son monde : la « meeting room » en petit comité, le salon doré pour les actionnaires, le fumoir Johnny entre amis, et la grande salle Antoine, du prénom de son père, pour les conférences où Philippe Rex trônait.

Rex inspira d'un coup sec, par le nez, comme font les gens de sa caste ; une traînée sonore de sa propre satisfaction. Une inflexion de notable, venu des sous-préfectures du XIXe siècle, et qui avait ressurgi on ne sait comment.

— Je suis d'accord, je vous dis.

— D'accord de ?

— On va envoyer la photo que vous avez faite de moi, au bord du ruisseau.

Ce Rex puait décidément la pornographie. Son *Je t'aime* ne donnerait rien qui vaille ; une congélation du moindre sentiment – des cristaux de nuit. C'était joué d'avance qu'il céderait à mes demandes. D'abord, parce qu'il n'avait pas le choix – je tenais l'essentiel, celui des armes. Ensuite, parce que j'en avais maintenant la certitude : même dans la cinglitude, il me dépassait.

Un psychiatre, ancienne gloire de la radio, s'était un jour permis un portrait d'Hybris II, comme il l'avait désigné : l'impétueux fut immédiatement attaqué en diffamation. Philippe Rex avait tout un service juridique dédié à ça, les procédures-bâillon.

Démarche inédite, il avait aussi attaqué le psy au tribunal du commerce. L'avocat du général d'industrie, un dénommé d'Arleux, qui allait sombrer dans une sale histoire, avait plaidé que ses « attaques personnelles dérangeaient la bonne marche de l'entreprise ». Intimider, détourner, épuiser, c'était ses armes. Rex n'avait qu'une idée en tête, l'état de siège permanent, la guerre totale. Lui en photo à genoux, en demi-guenilles, c'était une arme d'occupation massive de temps de cerveaux disponibles.

— L'envoyer à qui ? demandais-je.

Rex souffla un nom, si doucement, que je peinai à le comprendre. Il répéta.

— Madeleine Jiffré, confirma-t-il, la voix plus sûre. Elle pourra la montrer à qui de droit à la DGSI. Ou…

— Ou ?

— Plus haut… À l'Élysée.

Il ajouta qu'il lui suffirait ensuite de monter un plateau sur sa chaîne et que je l'aurais, mon débat.

Je souris.

Rex aussi, ses lèvres en paix.

Il reprit :

— Du *win win*, si vous voulez. On pourrait faire un duplex, ici, un ou deux jours avant. Vous auriez de l'attention ; ma chaîne, de l'audience. Et le président Macron…

Rex se lança dans une analyse politique de la situation. Il disait que, grâce à moi, on allait remettre la politique au centre, que ça allait être, et du spectacle, et de la démocratie directe : un citoyen face à deux candidats, Macron et Sénéchal, un monsieur-tout-le-monde *versus* le président et sa prétendante, comme c'était moderne, comme c'était fou, comme c'était l'époque ; la téléréalité, la vraie, la pure, l'indépassable, ça allait être ça, j'étais le futur.

Rex apportait des précisions, et je comprenais que le temps de notre promenade, il avait affûté ses arguments. Pesé le pour, le contre ; envisagé la moindre manœuvre. Rex avait une idée précise de qui pourrait présenter tout ça, tout ce bazar, comme il disait.

Stéphanie Latour, une journaliste de sa chaîne, une pugnace, vulgaire, farouchement à droite, chouchou des études quali qu'il avait fait faire avant de l'engager, une trentenaire en Gucci, à la gouaille banlieue, ancienne Miss Rhône-Alpes, elle cochait toutes les cases : les bourgeois l'adoraient, les chômeurs la fantasmaient, et les abstentionnistes la reluquaient comme un rendez-vous manqué. Latour avait un autre atout, et de taille : elle pensait vite, parlait vite, agissait vite. Elle retournait les phallocrates.

Elle, et un vieux sur le retour, proposait Rex : un gardien des niches et des anciens. Pourquoi pas le psy qu'il avait fait condamner ? Ou Elkabbach, dernier des Phénix, pour un débat d'adieu ? Ou Pascal Jacotaud, la nouvelle star ? Ou tous ensemble, une équipe qui gagne. Rex disait que c'était la recette de la télé : mettre dans un même programme de quoi réunir toutes les familles de France : des blancs, des vieux, des jeunes, des immigrés, des bien élevés, des pas polis, des anciennes stars, des cadors et des seins.

Le cliquetis des menottes ponctuait ses phrases.

Rex était lancé, il était parti. L'homme me répugnait.

Mais je devais l'admettre : un chef de guerre.

Cinq jours avant le second tour

Madeleine Jiffré avait commis une erreur, comme jamais dans sa carrière, probablement dû à l'état second dans lequel elle était plongée depuis son escapade forcée à Sarcelles, et sa libération. La Caméléon n'avait pourtant accompli qu'un geste de rien, un geste anodin, avec son téléphone, un geste habituel, répété à des milliards d'occasions, chaque jour, par des milliards d'index plus ou moins experts.

Celui de Madeleine Jiffré avait décidé d'être fugace, il avait réalisé la hantise de la communicante : le doigt avait validé un mauvais destinataire. Un courriel réexpédié qui la précipitait dans la bourrasque, tel un vulgaire pocket-call qui avait eu la peau et l'honneur d'un ministre, embourbé dans une affaire de compte bancaire suisse. Le correspondant que Madeleine Jiffré désignait devait être Brice Bataille ; l'homme qui allait tout arranger, le majordome de la République, son faux frère et pire ami, alter ego de toutes les rivalités, la voiture-balai du Palais, qui collecte, trie, recycle – et purge les affaires sales. Lui saurait quoi faire de ces photos de Rex : convaincre Macron de prendre position, d'accepter, ou non, le débat ; ou plus sûrement d'envoyer le ban et l'arrière-ban des flics d'élite pour sauver l'Ami.

Mais Madeleine Jiffré était allée trop vite, elle était comme tout le monde ; depuis des lunes, elle avait accepté que la machine dompte sa vie, que le moteur choisisse la cadence et impose ses suggestions.

À une lettre près, c'eût été bon. Ce fut fatal.

Brice, Bruce.

À une lettre près.

Quand Bruce d'Arleux reçut l'email de Madeleine Jiffré, il crut d'abord à un piège, dont il la savait coutumière. Du premier coup d'œil, il avait reconnu le visage de Rex, sa chevelure, quoiqu'étonnamment sale ici, son sourire, carnassier comme toujours, son menton carré, ses lunettes rondes, ses épaules, à la fois fortes et déjà en partance pour la scoliose des quinquagénaires, et son ventre qui bedaine.

D'Arleux, avocat radié du barreau, avait travaillé pour lui. Pendant dix ans, il fut le monsieur procédure-bâillon de l'empire, celui qui attaquait tous azimuts les curieux trop regardants. D'Arleux était tombé quand Mediapart avait décidé de lâcher ses meilleurs fouineurs sur son dos – à défaut d'atteindre le roi Rex, ils flingueraient son dauphin. Un carnage : le défilé des escorts dans le bureau de Bruce d'Arleux faisait mauvais genre. Madeleine

Jiffré elle-même n'avait pu retenir la meute : *Closer* s'était régalé, l'humoriste matinal d'Europe 1 n'avait pas écouté les consignes, Léa Salamé avait pouffé. Et Rex, fervent catholique, ne plaisantant pas avec la morale, du moins pas avec cette part-là, s'était résigné à se passer de ses services. Rex fit donner la *fête du chéquier*, comme on disait dans la maison : quand le patron pouvait consentir à un soupçon de reconnaissance à l'égard d'un de ses subalternes, la prime de départ pouvait atteindre des sommets. Les mauvaises langues avançaient que si la prime touchait ses plus proches collaborateurs, c'était pour une raison simple : elle était indexée sur le prix du silence.

Que faire de ces photos ? De ce Rex diminué, le torse à moitié nu, accroupi au bord d'une rivière. Ou sur une autre : les bras chargés de bûches, un genou à terre, le regard implorant. Par décision de justice, d'Arleux avait interdiction de fréquenter la Papesse des paparazzades, comme il se plaisait à l'appeler, du temps de leur splendeur respective. Il restait une ou deux instructions à clôturer et l'un comme l'autre ne savaient que trop combien les pisse-copies de la PJ pouvaient se délecter des conversations téléphoniques secrètes. Ces sans-grade étaient allés jusqu'à balancer des écoutes compromettantes entre Jiffré et une Première Dame.

Bruce d'Arleux était seul avec ces clichés, et ce mot destiné à un autre :

Cher B.

Comme je vous disais au téléphone, je confirme pour vous et pour vos services : Rex a été kidnappé il y a trois jours. Par les mêmes qui m'ont enlevée et relâchée à Sarcelles.

Voici preuves de détention que Rex m'envoie à l'instant par Signal.

Les ravisseurs, pas clairs qui.

Ils veulent débat avec le PR et Sénéchal.

Sur Rex News.

Toutes les métadatas effacées.

Ils sont à 2 ou 3h de route de Paris, max.

Mais où ?

Madeleine

Bruce d'Arleux imaginait Brice Bataille empêtré comme un beau diable s'il avait reçu la missive. Qu'aurait fait le secrétaire de l'Élysée, au juste ? Appelé qui, quand ? D'Arleux avait une idée claire des affres de ces conseillers de l'ombre ; ceux qui sont aux manettes, sans les honneurs, mais avec la pression. Factotum de Rex, il en avait bavé.

Puis il haussa les épaules, satisfait d'être sorti de tout ça.

L'erreur de Madeleine Jiffré pouvait être son salut, restait à savoir comment. Il allait falloir manœuvrer.

Après son limogeage de chez Rex, et sa radiation du barreau, Bruce d'Arleux avait multiplié les revirements. D'abord, il avait tenté de se refaire dans l'immobilier avant que le Grand Confinement, de 2020, ne s'avère dévastateur. Ses clients étrangers avaient suspendu tous leurs plans : Riviera, Corse, Ouest parisien, et même la Bretagne, coqueluche des promoteurs, en raison des prévisions climatiques à long terme, moins défavorables qu'aux autres régions de France. Les investisseurs avaient opté pour Dubaï, nouvelle destination touristique du Covid.

D'Arleux s'était ensuite rapproché des unionistes de droite, proposant son concours de juriste. Son CV ouvrait les portes, mais pas toujours largement. Viré de chez Rex, il sentait le soufre : le coopter, c'était courir le risque de se mettre à dos l'Empereur. D'Arleux rêvait d'une alliance de toutes les droites : les Républicains, Zemmour, Le Pen, jusqu'aux centristes. Il savait que le concept de droites irréconciliables appartenait à un temps révolu. Depuis une génération, au moins, les chassés-croisés des partis donnaient le tournis. Seuls les fabricants d'opinion continuaient à vendre la fable – des digues républicaines, des barrages éthiques, des plafonds de verre et d'honneur. La Réconciliation triomphait déjà.

D'Arleux fut l'un des premiers à soutenir la jeune identitaire Elsa Sénéchal, beauté fasciste pure, volcanique blonde, star des boucles Telegram, sur laquelle la « grande famille » droitière ne misait pas un kopeck. Elsa, au passé trouble, inspirait une confiance relative au camp des extra-droites. Lycéenne, l'égérie avait tourné dans une vidéo porno interraciale, dans laquelle apparaissait également un futur influenceur de gauche. Des extraits ressortaient sur les réseaux sociaux à intervalle régulier, quand Elsa Sénéchal semblait grimper à l'audimat du buzz. Et chaque extrait, chaque meme, plutôt que d'esquinter sa notoriété chez les racistes, lui accordait du crédit. L'attirance des contraires, c'était la carte maîtresse d'Elsa Sénéchal. Sa force obscure.

D'Arleux avait cru en elle dès leur première rencontre : Elsa Sénéchal serait la pièce sensuelle qui manquait à toutes les droites poussiéreuses. Elle apprenait vite et importait avec délectation les mots d'ordre redoutables de Trump à ses soutiens, comme celui-ci, son préféré, implacable : « Les médias m'attaquent parce qu'ils vous détestent. »

Et que l'on dise sa protégée incontrôlable n'était pas pour déplaire à Bruce d'Arleux. Ses amis d'hier se moquaient. Qu'allait-il faire avec cette aguicheuse sans avenir ? D'Arleux avait un temps d'avance : il misait sur la confusion de l'époque. Il était le produit type de cette minorité agissante, sans foi ni loi, dont le confusionnisme était le salut. L'ex-avocat était prêt à tout, girouette terminale, du moment qu'il se plaçait au centre des attentions – ou qu'il s'en approchait. Et pas seulement pour des raisons d'attirance même s'il goûtait bien volontiers les effets indirects de l'art de la polémique : se rendre désirable.

Bruce d'Arleux était porté par une conviction viscérale : confusionnisme, complotisme, conspirationnisme, révélaient le Système dans son intolérance. Les fact-checkeurs, théoriciens et autres autoproclamés observateurs des complots seraient toujours en retard d'une guerre, tant qu'ils n'accepteraient pas l'évidence : la confusion est une prise de conscience par le bas. Qui sont les esprits les plus malades ? Ceux qui croient aux idées tordues, ou ceux qui croient aux conditions matérielles qui rendent ces croyances possibles ? Que d'Arleux soit rejoint sur ce thème par quelques figures de l'ultragauche n'était pas, non plus, la plus désagréable des ironies. Il aurait pu signer quelques pages du *Manifeste conspirationniste*, anonyme, publié par une maison de gauche. Le bonneteau des théories faisait son délice.

Dans sa déroute, d'Arleux avait croisé un autre paria : un ancien journaliste devenu lanceur d'alerte des violences d'État, Étienne Dardel. Sur un plateau de télé, les deux avaient échangé leur vision du monde. Celle de D'Arleux : droite dure, darwiniste. Celle de Dardel : gauche profonde, déboussolée. Les deux racontaient l'après quart d'heure warholien, quand les lumières se font moins éblouissantes.

À l'écran, Dardel semblait apaisé, et joueur ; quand d'Arleux cherchait la tension, et la victoire.

Aller voir, brouiller les pistes, ouvrir les perspectives. C'était leur point commun, le seul, avec cette quasi-homonymie qui les réjouissait : l'un et l'autre tenaient en estime les hasards de la vie, comme des encouragements. Rester jovial en toutes circonstances ; d'Arleux par cynisme, Dardel par désespoir. Durant leur confrontation, les deux avaient narré leurs rencontres avec quelques plumes de la presse parisienne, si tant est que l'expression avait encore un sens – tant les titres semblaient se complaire dans leur propre chute, et leurs propres errements. D'Arleux raconta comment ses amis de *France éternelle* se comportèrent : ils roulaient pour Zemmour, lui pour Sénéchal. Ce fut un dézingage en règle, avec un dessin destiné à tourner – ce qui ne manqua pas – où on voyait l'ancien avocat chevaucher une femme noire court-vêtue, avec cette légende : « Sénéchal, d'Arleux : le même amour pour les îles. »

Dans ses années Rex News, d'Arleux avait côtoyé trop de ces lâches travailleurs médiatiques pour les tenir en respect, même les plus sincères. Ces gens étaient payés pour accompagner le désastre. Les plus talentueux savaient le raconter ; la majorité jouait l'objectivité pour ne pas avoir à s'interroger sur elle-même.

Un phénomène étrange survint dans la rencontre : Dardel et d'Arleux s'étaient montrés en retenue l'un envers l'autre. Presque tout les séparait, leurs mots claquaient comme marées de tempête, mais leur parole était celle de ceux qui croient aux beautés du débat, deux pourfendeurs des allants-de-soi et des ben-voyons martelés partout. Au point que le duo de présentateurs en resta coi, le clash gonflé à grand renfort de bandes-annonces n'aurait pas lieu. À gauche, une poignée de publications radicales, à l'indignation feinte et aux habitudes endormies, avaient crié à la trahison de Dardel : elles voulaient du sang – celui des autres – et du discours prémâché. Plus que tout, elles tenaient au statu quo, qui leur permettait *d'avoir raison sur tout*, et seules, et en petit cercle. Étienne Dardel avait toujours refusé de jouer le jeu qu'on attendait de lui : dans son camp, comme en face ; quitte parfois à s'égarer, dans des méandres difficiles. Reconnaître ses contradictions lui permettait, estimait-il, d'avancer vers la seule quête qui comptait à ses yeux : la liberté d'aller et de venir, en actes comme en pensées.

À droite, les commentaires ne donnaient pas plus cher de la peau de D'Arleux. Ses délires gramscistes, la-bataille-culturelle-qu'il-faut-mener, sentaient trop les références perdues de gauche. Pourquoi aller chercher chez un communiste italien les armes de la droite dure ? L'hégémonie culturelle, c'est bon pour les bourgeois.

Ce qu'il fallait, c'était des flingues, pas des idées.

Après l'émission, d'Arleux et Dardel s'étaient croisés à plusieurs occasions, comme des âmes en peine qui, en s'affrontant, se reconstruisaient.

On les avait aperçus à la Rotonde. Le lieu s'imposa comme une évidence. Dardel voulait inspecter la nouvelle décoration de la brasserie, après son incendie par un intermittent du spectacle. D'Arleux, parce qu'il pensait que se placer dans les pas de Macron, qui avait fait du lieu sa cantine de campagne en 2017, lui conférerait une stature quelconque. Ses mobiles étaient à son image : brouillés. Dardel saisissait mal ce qui le motivait. La soif de revanche ? Les délices du chaos, et des faits alternatifs ? La quête du buzz ?

Lors du premier déjeuner, d'Arleux avait proposé à Dardel de démolir Rex News. L'ancien avocat tenait un solide dossier ; les traces et les preuves ; les noms et les organigrammes ; les études et les comptes. Seul un franc-tireur comme son invité pourrait foncer. La proposition était tentante. Par provocation, Dardel cita le slogan d'un label punk des années 1980, emmené par Jello Biafra, le chanteur des Dead Kennedys : « *Don't hate the media, become the media.* » Toute sa vie fut marquée par la proposition.

Forger une alternative.

Ne haïssez pas les médias, lancez-vous !

D'Arleux trouva ça génial, il répétait le mot, c'est zénial, c'est zénial – c'est ce jour-là que Dardel prit conscience du léger cheveu sur la langue de son interlocuteur. La situation l'amusait plus que tout.

C'était la vie même ! La meilleure définition du combat culturel ! L'*aller voir*, le choc des paradoxes. Pris d'une excitation soudaine, Bruce d'Arleux ajouta :

— Moi je dirais, *Don't hate the media, destroy the media.* Il faut massacrer tout ça. Ça peut plus durer !

Les photos de Rex, c'était ça, selon d'Arleux. C'était le slogan de la chaîne en acte :

LA RÉVOLUTION C'EST L'INFORMATION

Lui, l'ancienne pièce centrale du cabinet noir de Rex, le sentait. Si Dardel sortait ces clichés, ça ferait boum, une déflagration bien plus étendue que si elle émanait d'un média mainstream – l'odeur du scandale sur les réseaux sociaux, ou quelque chose comme ça. Ça ferait la une partout, à moins d'une semaine du second tour.

Macron-Sénéchal.

Boum.

Le foutoir en couleurs. L'insécurité totale. L'insurrection qui vient et Elsa Sénéchal en Madone du bon peuple. Les anciens songeraient au baron Empain ; les jeunes à *La Casa de papel* – du spectacle pour tous et pour saturer l'opinion. Qu'on ne sache pas qui était le ravisseur, ni ses revendications, n'avait aucune espèce d'importance : ça ajoutait du mystère au mystère, c'était bon pour les réseaux sociaux, ça allait agiter tout le monde, les complotistes allaient s'en donner à cœur joie. Il faudrait une main de fer pour reprendre tout ça : Jeanne d'Arc Sénéchal.

— Zénial.

Mais Dardel ne se rendait pas pour ça à ces déjeuners. Il avait une arrière-pensée : comprendre comment Elsa Sénéchal avait doublé tout le monde – sondeurs, journalistes, appareils partisans. Comment une jeune femme de 23 ans, surgie de nulle part, pouvait être catapultée au second tour de la présidentielle ? Comment un gars comme d'Arleux, second rôle plutôt médiocre, avait pu transformer la jeune femme en machine à gagner quand, depuis quarante ans, même si l'extrême droite grimpait – malgré elle, malgré ses incompétences, ses guerres fratricides, ses troupes mal formées – elle avait chevillée au corps l'intime volonté de ne jamais prendre *réellement* le pouvoir, simplement d'en polluer les arcanes. Dans les sondages, Sénéchal s'élevait à 47 %.

— Gramsci. Tout est dans Gramsci, sourit d'Arleux. C'est nous les rebelles maintenant ! Le Réac'n'Roll, c'est nous ! Nous sommes dans la phase de « guerre de position », comme il disait. Regardez la dégaine des journalistes de *Valeurs actuelles* maintenant, leurs blousons de cuir, leurs cheveux gras : on dirait Bashung, on dirait *Actuel*, on dirait le *Libération* des années 1990. *Destroyons les médias*, oui ! Et après, on fera la « guerre de mouvement », avec le soutien des masses. On sera au pouvoir.

Dardel rit à contrecœur. Il savait la pensée de d'Arleux non dénuée de fondement. À tout prendre, le portraitiste de *Libé* que le lanceur d'alerte avait rencontré peu avant ressemblait plus à un rejeton de Sciences Po qu'à un héritier de Jean-François Bizot. Dardel avait raconté à d'Arleux son rendez-vous avec le chroniqueur mondain. Le garçon lui avait annoncé fièrement pondre 0,75 portrait par semaine, même pas un. Il ne notait rien, il enregistrait tout, interrogatoire plutôt qu'appétit de rencontre. Quand Dardel raccompagna le journaliste à la station de métro, il rit intérieurement : le Rubempré en baskets venait de lui dire le plus grand mal de ses collègues de bureau et le plus grand bien du red'chef, bientôt viré, puis invité permanent chez Rex News.

— C'était mon idée, s'esclaffa d'Arleux. Un ponte de *Libé*, ça faisait chic à l'antenne. Pour les annonceurs, et pour le CSA !

Dardel rit encore, franchement cette fois, mais amer encore. Il savait pourquoi il avait quitté cette basse-cour. Décennie après décennie, la gauche culturelle avait baissé la garde. Les nouveaux philosophes avaient tourné nouveaux réacs ; les socialistes aux manettes, en gestionnaires de l'amnésie ; les enragés, en bataillons déchirés. Enfant perdu de la gauche en perdition, Dardel faisait ce qu'il pouvait, comme ces gilets jaunes qu'il avait croisés, ces quelques esprits en sursaut, la génération des vidéastes indépendants, les militants de Calais, soutiens à bout de bras des exilés, grévistes de la fin d'un Système à bout de souffle, ou les crypto-monnayeurs en guerre contre la Techno-Police. *Il faut organiser le pessimisme* était l'autre credo de Dardel, devise qu'il empruntait au surréaliste Pierre Naville.

— Cette phrase, c'est une invitation au combat, dit Dardel. Le pouvoir se gagne par les idées, plus que par la force. Enfin, le pouvoir durable. Et les idées, ça se pétrit. *Ça s'organise.*

— Alors, c'est oui ? demanda d'Arleux.

Dardel posa sa lassitude à travers la vitre du bistrot.

— Alors ? Oui ? insista d'Arleux.

Les pensées de Dardel se télescopaient. Gramsci, Jello Biafra, Naville – ce n'était pas si mal de vieillir, tant qu'on s'évitait les soirées diapos entre copains sur Facebook. Être sur la brèche, tenir la crête, en toute occasion, partout et en tout temps. Et qu'importent les rides, les soleils difficiles, et le sommeil agité, et le corps qui craque.

— C'est non, finit-il par trancher.

Bruce d'Arleux eut un mouvement de recul.

— C'est non ? répéta-t-il, incrédule.

— C'est non.

— Mais… mais…

— C'est non, désolé.

— Mais pourquoi ?
— Toutes les infos ne se valent pas.
— Pardon ?

Dardel recommanda un café, sans perdre le regard de D'Arleux, qui soutenait le sien, malgré le découragement.

— Vous vous êtes trompé de personne. Toutes les infos ne se valent pas.

— Mais voyons, voyons ! Une informazion, c'est une informazion !

— Non. Je ne suis pas le bon client.

— Vous déclinez ?

— Je décline.

— Vraiment ?

— Vraiment.

— Alors, ze fais quoi ? implora d'Arleux.

— Vous trouverez des relais dans les médias. La chasse au scoop, c'est toute l'année. Même les plus sérieux sont pris dans le tourbillon. Un jeu de massacre.

Raide comme jamais, d'Arleux tenta de convaincre Dardel encore :

— *Become the media*, vous l'avez dit vous-même ! Avec ce que je vous apporte, vous changez la donne. Admettons. Nous sommes opposés, mais nous avons un terrain d'entente. La remise à plat du système. Le reset de la société.

— N'insistez pas, d'Arleux. Rangez vos photos.

— Et si ze vous arrange une interview avec Rex pendant sa captivité ? Le débat que réclame son kidnappeur, on le ferait avec vous ? Vous imaginez ? L'audience ?

Dardel régla l'addition.

— J'ai une idée, dit-il.

— Laquelle ? demanda d'Arleux.

— Faites ce que vous, vous avez dit.

D'Arleux replaça son téléphone sur la table, en balayant les photos de Rex.

— À zavoir ?

— Faites ce que vous avez dit : *destroy the media.*

— Hein ?

— Votre entreprise de démolition, montez-la.

D'Arleux fit la moue.

— Oui, mais comment ?

— Prenez-les de court.

— De court ?

— Contournez-les.

D'Arleux sourit, et son sourire laissait sa bouche ouverte, muette, suspendue, presque enfantine – depuis combien d'années n'avait-il pas ressenti un tel bonheur, cette régression filante ?

Dardel, amical et pousse-au-crime à la fois :

— Tweetez.

Quatre jours avant le second tour

On ne l'avait jamais entendue aussi survoltée. C'était en direct, sur Rex News, dans *Face aux gauchos*, l'interview politique de 7 h 55. En direct, Sophie Sénéchal, la sœur d'Elsa, perdait de sa superbe, et en régie, on exultait : le spectacle se tenait à domicile. *Face aux gauchos* avait été lancé comme une blague de potache, on disait que l'idée avait germé là-haut, à l'étage interdit, celui que gardait l'ascenseur de verre. Furieux d'un article du magazine en ligne StreetPress, qui revenait sur ses réseaux catholiques durs, Philippe Rex aurait lancé à la cantonade qu'il fallait écraser toute la bonne pensée, et une bonne fois pour toutes.

— On va couler les France Culture, *Télérama* et compagnie.

Pour animer *Face aux gauchos*, Philippe Rex avait embauché un ancien chroniqueur sportif, suite à une étude de marché serrée. L'embauche marketing était devenue une règle, importée des chaînes américaines – CNN avait été pionnière, toutes avaient suivi, Rex

News la première en France. Il fallait un monsieur-tout-le-monde, une voix reconnaissable entre toutes, qui avait bercé le peuple un bon quart de siècle, à coups de futilités, d'exploits techniques, de passes longues, de mercato sans fin et de penalties ratés. Cette carrière sportive était un terrain d'*entraînement*, un manège équestre, un cheval de Troie, celui d'un compagnon de pays, voisin national, qu'on croyait insipide et sans conviction. Pascal Jacotaud était le nom sorti du benchmarking. Le type savait aligner deux phrases, connaissait le direct : à son actif, des dizaines d'heures de vol à meubler quand l'exigeaient les temps morts des matchs qu'il commentait.

Une teinture noire, un costume trois pièces, le gilet légèrement négligé, pour faire désinvolte, et un éternel nœud papillon rouge, assorti d'une pochette en soie de la même rutilence, pour faire vieux jeu, emballeraient la marchandise. En une saison, *Face aux gauchos* s'était placé au pied des podiums des talk-shows matinaux. L'audience de la quotidienne n'était ni première, ni deuxième, ni troisième, elle se situait juste derrière, dans la meilleure position au classement, celle de l'outsider, le Petit Poucet de la compétition, comme en Coupe de France, celle qui attire l'attention, et dont tout le monde parle. *Face aux gauchos,* émission extrême, simple débat sans moyens, était devenu le centre de gravité de l'agitation politique du pays.

Jacotaud tenait sa revanche ; lui le monsieur bon-sens, lui le passe-muraille du peuple, le cousin du dimanche vaguement méprisé par les élites, s'était propulsé vedette numéro 1 de la chaîne. Le soir, match retour : *Les Rois du Prime* nourrissaient le monde parallèle des réseaux sociaux. Une machine de guerre. Dans le landernau du pouvoir, chacun savait bien qu'à la fin, les idées du Jacotaud s'écraseraient sur plus consensuelles. Jacotaud aurait amusé la galerie, et quelqu'un viendrait siffler la fin de partie. Du moins, c'était le pari.

Face à lui, Sophie Sénéchal semblait perdre cette maîtrise d'elle-même qui la rendait d'ordinaire si fréquentable. Depuis des mois maintenant, la sœur de avait son rond de serviette dans *Face aux gauchos*. Elle avait su mettre à profit cette double casquette : cheffe-manœuvres en coulisses pour Elsa, VRP-TV pour la Sénéchal. C'était le même dessein, seules les méthodes différaient. Sur Rex News, vendre sa sœur, contrôler son image, embellir son CV. Dans le bureau de campagne, un bel appartement sis rue du Faubourg-Saint-Honoré, à deux pas de l'Élysée, s'était extasié le chroniqueur politique de RTL, Sophie Sénéchal pilotait la machine : programme, doctrine, recrutement, finances ; Sophie veillait à la bonne marche d'Elsa, comme du temps où, fillette, elle se penchait sur son berceau.

Moins provocante que sa cadette, le Christ en pendentif sur son pull à col roulé, aussi brune qu'Elsa était blonde, Sophie Sénéchal était l'incarnation du charme discret de la génération montante des jeunes femmes aux idées fièrement anciennes.

La presse lui prêta une réputation de séductrice, on dit qu'elle avait eu plusieurs amants, à Matignon, avec un conseiller sulfureux de seconde zone, et ici même, chez Rex News, avec Bruce d'Arleux, le démon du patron. Les spectateurs les plus avisés avaient tout de même remarqué que, du jour au lendemain, sa tenue vestimentaire avait changé. Elle qui se présentait toujours jupe courte, près de douze mois de l'année, avait peu à peu opté pour des robes longues, puis des pantalons. Elle voulait cacher des taches bleues suspectes, qui remontaient d'abord le pied, puis le talon, puis le mollet et qui gagnaient le bas des cuisses.

Éditrice chez L'Anneau, une maison adulée par la fachosphère pour ses almanachs de faits divers, elle publiait le ban et l'arrière-ban des néo-antisémites français. Tous les plus acharnés avaient été auteurs chez elle, avant de s'embrouiller ; l'un parce qu'il la trouvait trop molle du cul, c'était son expression ; l'autre, pour d'obscures raisons de trésorerie. L'Anneau avait également défrayé la chronique en lançant une collection de témoignages et d'expertises plus ou moins rigoureuses, sous l'intitulé « Les Grands Remplacés », avant que la justice ne condamne Sophie Sénéchal pour incitation à la haine raciale.

— Ce tweet de monsieur d'Arleux est une ignominie !

Sophie Sénéchal fixait Pascal Jacotaud. Son visage affichait une expression dure, au-delà de tout, et du noir même.

— Une ignominie ! Une infamie !

L'animateur lui opposait un sourire gêné, dans sa bienveillance habituelle face à la gent féminine, une hypocrisie feinte ; un sourire ambigu, de solidarité et d'encouragement à la faute.

— Et je sais de quoi je parle, ajouta Sophie Sénéchal.

— À quoi faites-vous… ? demanda Jacotaud, mièvre, avant de se raviser.

— … Allusion ? À quoi je fais allusion ?

Le présentateur était figé. En embuscade, l'angoisse le défigurait.

— Vous le savez bien, Pascal.

Tout le monde savait.

Pendant des semaines, ce fut un comique de répétition sur Rex News. Bruce par-ci, Bruce par-là, pas une seule émission sans une allusion à l'avocat de la chaîne, Bruce d'Arleux. Sur le plateau, on riait, on ricanait. N'allez pas trop loin, cher ami, sinon vous allez encore donner du travail à notre cher Bruce. Bruce, le bon-ami-de-Sophie. Bruce, la terreur de nos adversaires préférés.

Et ainsi de suite, jusqu'à ce que le nom de Bruce d'Arleux disparaisse de l'antenne du jour au lendemain, sans explication, comme il fut décroché de la structure de la chaîne, lors de son départ en parachute doré. Philippe Rex n'avait pas eu besoin de passer la moindre consigne. Jacotaud et ses chroniqueurs savaient ce qu'ils avaient à faire – et à ne pas faire. L'existence de Bruce d'Arleux devait passer par pertes et profits. À l'antenne, ne plus prononcer son nom revenait à l'enterrer.

— Vous le savez bien, Pascal, répéta l'invitée.

Sous son buste, le synthé de Rex News indiquait un titre (« le coup de gueule de Sophie Sénéchal ») et sa qualité (« directrice de campagne d'Elsa Sénéchal »). Depuis la veille, la chaîne était en alerte. Philippe Rex n'était nullement en quarantaine, pour cause de Covid, comme l'avaient juré les communiqués de la chaîne. Sa disparition était plus traumatisante, et c'était Bruce d'Arleux qui en avait apporté le démenti, par tweet interposé. Un bandeau défilant épinglait l'actualité :

PHILIPPE REX KIDNAPPÉ,
L'ÉLECTION EN OTAGE

Toute l'antenne était cassée, chamboulée – seule la météo et ses étaux de pubs surnageaient dans la bourrasque. Rex News, qui, depuis sa création, talonnait les vieilles LCI et BFM TV, prenait enfin la tête. C'était le Bataclan, c'était le 11-Septembre, c'était l'heure de vérité, ce rapt du patron – un moment de grâce.

Des voix tentaient d'apporter leur morale, en décryptant la fournaise qui emportait tout – ils étaient engloutis dans le flot, comme les autres. Rien ne pouvait arrêter Rex News. Rex News était partout – enfin ! Jour de gloire, excitation totale : dans les cafés et les ministères, les foyers et les smartphones ; on vit même ses concurrentes reprendre son signal quand Emmanuel Macron lui accorda un entretien, exclusif, où il assurait la chaîne de la solidarité de la République tout entière, et annonçait qu'ordre avait été donné : le ministère de l'Intérieur était sur le pied de guerre. Tout le ministère, tous les services, PJ, renseignement, services d'élite. La mine dévastée du président pétrifiait quiconque l'écoutait. Tous les soupçonneux de France, de Navarre, et de tous bords, qui émettaient l'hypothèse d'un vrai/faux enlèvement à la Jean-Edern Hallier ou à la Mitterrand en étaient pour leurs frais. À quatre jours du scrutin présidentiel, tout était remis en jeu.

— Tout le monde sait, reprit Sophie Sénéchal, que j'ai bien connu monsieur d'Arleux… Bibliquement même, pour rester pudique…

Pascal Jacotaud hochait la tête, tentative vaine de désamorçage, son hôte ne voulait rien savoir, elle irait au bout. La communicante caressait son médaillon.

— Ce tweet que vous montrez depuis hier, mon cher Pascal, sur votre antenne…

De guerre lasse, Jacotaud embraya :

— Celui-ci ?

La régie le diffusa en plein écran :

Philippe Rex kidnappé depuis 5 jours.

Son ravisseur (survivaliste ?) réclame débat avec @EmmanuelMacron et @ElsaPatrie. Images authentifiées. #Presidentielle2022

@BruceDarleux_Officiel

D'un bref regard vers l'écran géant qui lui faisait face, Sophie Sénéchal dit que oui, qu'il s'agissait évidemment de ce message-là, que tout le monde avait vu, tweeté, retweeté, commenté, partagé, détourné, mimé, screen-shoté.

— C'est dégueulasse. C'est immonde.

— Nous sommes d'accord, se risqua son intervieweur.

— Je ne pense pas, Pascal.

— Que ?

— Que nous soyons d'accord.

— Si, c'est parfaitement immonde de publier des photos d'un homme entravé, menacé, photographié, sans doute, on ne sait pas, mais on se doute… photographié sans son consentement…

— Comme si ça vous gênait, Pascal !

— Mais ?

— Mais rien, Pascal. L'insupportable n'est pas là. Vous protégez votre patron, ça se comprend bien. Je ne vous en voudrai pas pour ça ! Personne ne vous en voudra pour ça. C'est bien humain. On a tous besoin de manger.

Pascal Jacotaud écoutait, bouche bée. Par mimétisme, il réajusta son nœud papillon comme son interlocutrice, son crucifix.

— Alors quoi ? fit-il.

— Ce qui est crapuleux, c'est de sortir ça, comme ça, maintenant !

— Nous sommes d'accord.

— Non ! Pascal. Toujours pas. C'est crapoteux parce que ça pue le coup monté ! Bruce… Bruce d'Arleux veut flinguer les chances de ma sœur.

— Comme vous y allez !

— Ben voyons, Pascal… Vous connaissez ses méthodes. Hein ? Vous les connaissez ? Nous les connaissons tous. Toute la Ve République en est remplie, de ces coups bas. Et les autres Républiques, aussi. On prend un fou, un illuminé, on le manipule, on lui propose 72 vierges ou 72 millions, ou que sais-je ? Et on truque les élections…

— Que voulez-vous dire ?

— Ce mot-là, entre parenthèses… « Survivaliste »… Avec ce point d'interrogation…

— Oui ? Et alors ?

— Ça sème le doute… ça jette l'anathème sur les soutiens de ma sœur… Et encore, les prétendus soutiens… Regardez, depuis hier, c'est la déferlante.

La gauche médiatique accuse encore notre camp de tous les maux... Les patriotes, des terroristes ! Alors que ce sont les seuls qui défendent la France, la race, la Civilisation... Hein, on leur crache à la figure, eux, les courageux, les derniers téméraires, les seuls volontaires !

— Parce qu'il écrit « survivaliste » ?

— Je ne dis pas que Bruce d'Arleux vise explicitement notre camp. Celui d'Elsa. Celui de la Nation France. Je dis que d'autres portent des accusations diffamatoires. C'est de la manipulation pure et simple. On procède par amalgame, par fake news. D'Arleux est trop affûté pour ne pas savoir ce qu'il fait. Ou alors c'est une erreur ? Mais pourquoi ne pas avoir retiré son tweet ? Que ce soit à son corps défendant, ou pas, je m'en moque : il reprend les termes de la gauchiasserie médiatique, celle qui règne partout...

— Partout ? plaisanta le présentateur vedette.

Sophie Sénéchal marqua un temps d'arrêt, mais évita le sourire.

— Presque partout, disons.

— J'aime mieux ça, ironisa Jacotaud. Et pourquoi ferait-il ça, Bruce d'Arleux ?

Le journaliste usait d'une vieille ficelle, un truc essoré, appris du temps des débriefings sportifs, murailles de langue de bois : jouer l'ingénu. Poser des questions larges, en attendant que le temps file, et que le langage corporel libère quelques indices éventuels. Son invitée, qui avait retrouvé son calme, l'imita.

— Par jalousie ? demanda Sophie Sénéchal à voix haute. Parce que je l'ai quitté ? Parce qu'Elsa, sa créature, comme il le dit, comme il le croit, est en passe de gagner les élections ?

— Expliquez-nous…

Silence, puis :

— C'est délicat… mais je dois vous dire… nous vous devons la vérité… Des rumeurs de harcèlement circulent sur lui, dans notre staff… Des accusations… Des jeunes femmes, des militantes… se sont plaintes. Nous devons prendre les devants.

— C'est-à-dire ?

— C'est-à-dire… Bruce d'Arleux va être écarté de notre équipe.

Jacotaud leva les yeux au ciel, chacun savait ce que ce geste signifiait : il allait plonger sa main sous la table, empoigner un porte-voix estampillé Rex News et hurler, comme à chaque grande occasion :

— Mais c'est énorme ce que vous nous dites là !

Pourtant non, Pascal Jacotaud laissa tomber ses mains, dans un soulagement de fatalité. Il frotta son oreillette, signe de fragilité, rare chez lui, un geste qui signifiait qu'il attendait consigne. Que devait-il faire ? Aller plus avant ? En rester là ? Jacotaud ne voulait pas prendre, seul, la décision. La vie du patron était en jeu. La survie économique de la chaîne, aussi. Cet entretien pouvait faire basculer l'élection. Il voulait bien meubler, mais il devait savoir jusqu'où.

Sophie Sénéchal revenait à nouveau sur le tweet de D'Arleux, pourquoi ne pas l'avoir effacé puis en publier un autre, moins ambigu ?

— C'est compliqué de supprimer un tweet qui buzze, avança Jacotaud.

Les deux finissaient par en convenir : le fait du jour était à double détente. Un, c'était Rex, modèle de la France qui gagne, à genoux dans la boue, les mains entravées, le regard troublé – et deux, c'était Elsa Sénéchal, divine surprise du scrutin, victime d'une machination, prise en otage médiatiquement à son tour.

— Attendez, interrompit le présentateur, la paume sur son oreille droite. On me dit que… que Bruce d'Arleux, voilà… qui… visiblement nous écoute, vient de tweeter en direct.

L'immense écran du studio se mit à scintiller :

#FaceAuxGauchos avec @P_Jacotaud :
Contrairement aux contre-vérités de Sophie Sénéchal, seul le camp patriote compte. Il faut sauver maintenant Philippe Rex. Que fait @EmmanuelMacron ? Et le ministère @Interieur_Gouv ?

@BruceDarleux_Officiel

Trois jours avant le second tour

Jamais Brice Bataille n'avait vu Rachida Haddad aussi tendue, la coordinatrice du renseignement avait perdu toute constance, tout humour, et par-dessus tout ce qui faisait sa force redoutable : tout aplomb. Elle parlait par saccade, sans écouter *le vieux* ; les yeux sur l'écran de Rex News, accroché en face d'elle et en sourdine, et dont les bandeaux défilaient comme une spirale aux enfers :

PHILIPPE REX : OTAGE DEPUIS UNE SEMAINE
REX : L'IMPUISSANCE DE LA POLICE
PRÉSIDENTIELLE : LE GRAND BALLOTTAGE

Elle lui confiait ses inquiétudes, et son désarroi. Pour la première fois depuis son installation dans ses murs, Rachida Haddad montrait des signes de fébrilité, des signes de ses même pas 30 ans.

Leurs téléphones respectifs étaient confinés dans la boîte à secrets.

— Il me harcèle ! Il me harcèle ! répéta Rachida Haddad.

— Qui ça ?

— Le ventre mou !

— Le secrétaire général ?

— Lui-même, lui-même ! La balance number one.

À Bataille, la femme confirmait ce que *le vieux* savait : tous les Services étaient sur les dents, jusqu'à ceux dévolus d'ordinaire au renseignement extérieur. Après tout, Rex News avait raison : tout était possible – surtout si Rex News le sous-entendait, soupirait-elle. L'ennemi pouvait être intérieur comme extérieur. Qu'en savait-on ? Il fallait éplucher tous les scénarios.

Rachida Haddad était méconnaissable : elle, la patronne ; elle, le relais prioritaire ; elle, les yeux et les oreilles du président, n'avait rien.

Rien.

Hormis une note, une simple note, pareille à des milliers d'autres que les centrales crachaient tout au long de l'année. Sauf que depuis l'enlèvement de Rex, celle-ci était la première à offrir un semblant de sérieux. Rachida Haddad pestait :

— Connards d'incompétents ! Pour se tirer des balles dans le pied, les Services sont champions ! Mais pour aller au front… plus personne ! Vivement la Réforme !

Brice Bataille ne relevait pas les propos de *la petite*. De quelle réforme parlait-elle ? Au passage, elle moquait ces droits-de-l'hommistes – c'était son expression – râleurs professionnels qui de plateau en plateau viennent geindre que la République serait devenue celle de la toute-surveillance de tous, ah, si elles savaient, les bonnes âmes, tous les trous dans la raquette de la Sûreté de l'État ! Brice écoutait, surpris, presque sur ses gardes, sentant le poids des ans : à cet instant, agissait-il en père qu'il n'avait jamais été, avec cette Rachida, impossible fille qu'il n'aurait jamais ; ou se montrait-il fidèle à lui-même, maître-espion de la République, sans attache ni intérêt, autre que de figurer au cœur de tous les mystères ?

— Que faire de cette note ?

Bataille s'approcha, d'un pas lent, comme s'il tenait à retenir le cours des choses. Par les fenêtres, il vit la nuit gagner le ciel. Rachida Haddad lui tendit le feuillet, le geste presque brouillon, presque hésitant. Lui laissa tomber ses épaules, sa posture des grands moments, sûr de son effet. Il aimait ce pouvoir du corps. Bataille entama la lecture. Sa douce voix donnait à l'instant une solennité cruelle.

Direction Générale de la Sécurité Intérieure
Bureau du Directeur
Fabrice Drévillon

SECRET DÉFENSE

ATT : Coordination nationale du renseignement et de la lutte contre le terrorisme

AFF. : REX

MÉMO INTERCEPTION

Madame la directrice,

— Suite à un renseignement parvenu à nos services, avons pu identifier l'individu possiblement coupable de l'enlèvement de Philippe Rex. Il s'agirait de Rémi Bourg, dit le Gros, dit Jérémy Gración, défavorablement connu pour trafic de faux permis d'armes.
— Gración a longtemps été à la tête d'un groupe d'activistes de la mouvance d'extrême droite à tendance ultra : le groupe Cigale, mis en sommeil depuis trois ans. Fiché S depuis 2014.
— Cette nuit a été intercepté sur la boucle Telegram du groupe le message suivant :

« Aujourd'hui, 20 avril 2022. Les membres de Cigale le savent. C'est un grand jour. Nous célébrons les 133 ans de la naissance de qui vous savez. Le peintre d'Autriche. Des festivités de basse intensité sont prévues un peu partout en Europe, par des patriotes. Pour votre sécurité, il est recommandé de ne pas en faire état sur les réseaux sociaux "ouverts" [...]

Ce jour est crucial pour notre combat. La France s'apprête ENFIN à passer du chaos social à la guerre raciale. C'est une question d'heures. Tenez-vous prêts. Demain, surprise. Nous allons démontrer la pantalonnade démocratique. L'opération info_revolution est imminente. L'otage, coopératif, se porte fort bien. Vous avez dû voir sa photo sur les réseaux. À demain, soldats de la France libérée ! À mort la Crépublique ! »

— Pour rappel, le groupe Cigale (Sieg Heil) prône un « djihad blanc », forme d'accélérationnisme du pauvre, sur le modèle du terrorisme islamiste low-cost (non organisé). Si le groupe semble plus charpenté que la moyenne, sa structure reste compliquée à appréhender pour nos services.

— Sa théorie, et son mode d'action : provoquer, par des actions violentes, une situation de chaos afin de parvenir à deux buts :

1. *Enclencher « une remigration » basée sur la terreur.*
2. *Instaurer un « ethno-État blanc » homogène où « l'homme blanc » retrouverait sa place supposée de maître viril.*

— Ses membres, socialement insérés, aux revenus stables, sont aguerris. Les formateurs sont des officiers d'active ou en retraite.

— Les attentats du 13-Novembre ont vu un afflux non négligeable de nouvelles recrues, avant que le groupe n'ait semblé se déliter.

— *Le groupe Cigale agit comme une fédération de « loups solitaires ». L'unique action coordonnée connue a été interrompue : l'« opération halal », projet qui consistait à empoisonner les rayons de supermarchés de banlieue. Ont été identifiés le commanditaire, le fabricant de pesticide anticoagulant (même formule que pour la mort-aux-rats) et deux femmes soupçonnées de devoir opérer dans les magasins en niqab, pour passer inaperçues. L'opération aurait suscité des remous parmi les membres de Cigale. C'est Gración qui aurait pris la décision de tout arrêter.*

— *La prose du groupe se réfère à Anders Behring Breivik (77 morts à Oslo et Utoya, en 2011) et à Brenton Tarrant (51 musulmans abattus à Christchurch, Nouvelle-Zélande, en mai 2019). Le second étant adepte de la théorie du Grand Remplacement.*

— Alors ? demanda Rachida Haddad.

Bataille leva les yeux sur elle, lentement, puis balaya à nouveau du regard la note de la DGSI.

— Et la fiche ?

— La fiche ?

— Oui, Rachida, il est question de fiche-profil jointe. Tu l'as ?

Elle se confondit en excuses, oui, elle est là, tiens, dit-elle.

Direction Générale de la Sécurité Intérieure
Bureau du Directeur
Fabrice Drévillon

SECRET DÉFENSE

ATT : Coordination nationale du renseignement et de la lutte contre le terrorisme

AFF. : REX

PROFIL RÉMI BOURG dit JÉRÉMY GRACIÓN

— L'itinéraire de Rémi Bourg, dit aussi le Défracté ou Jérémy Gración (lire « remigration »), suspecté d'être le leader du groupe Cigale, est atypique. Né à Sarcelles le 7 juillet 1982, a vécu toute son enfance aux Flanades, quartier difficile.

— Parle couramment anglais et notions avancées de russe.

— Divorcé d'une sophrologue (qui aurait rejoint un groupe concurrent), on ne lui connaît aucune relation durable.

— A longtemps travaillé dans la cybersécurité. Deux entreprises à son nom, aujourd'hui fermées : Call of Duty Security et CMS SARL (pour Charles Martel Sécurité).

— A publié deux guides de survie, dont un à succès chez L'Anneau Éditeur. Auteur, aussi, de pamphlets confidentiels mais remarqués dans la mouvance (« Cet Universalisme

qui nous broie », « La valise ou le cercueil », « Houellebecq ou la raison », « Mass medias et crimes de masse »).

— En 2014, a participé à la création de la chaîne YouTube « Réinfo TV », qui se propose de constituer « l'avant-garde de la dissidence patriotique ». Les rumeurs faisaient état de dissensions violentes au sein de la chaîne avant son départ pour l'Ukraine (octobre 2018).

— A combattu dans l'Unité continentale, au Donbass. Un bataillon pro-Russes, formé de volontaires étrangers. Sur place, Jérémy Gración aurait retrouvé un ami d'enfance, Toussaint Morville, qui combattait dans le camp d'en face. Il lui aurait laissé la vie sauve, en souvenir de leur jeunesse.

— Ce même Toussaint Morville pourrait correspondre à l'individu repéré sur le réseau de vidéoprotection de la chaîne Rex News, lors de l'enlèvement de Philippe Rex, la semaine dernière. Même couleur de peau, même corpulence, même taille et démarche difficile (suite blessure Donbass ?).

— Fiché S depuis 2014, surveillé de près de cette date à 2018 (départ pour l'Ukraine), Rémi Bourg avait disparu de nos radars avant de revenir en 2021, lors du lancement d'une chaîne sur Twitch (réseau social dédié aux joueurs de jeux vidéo, détourné et subverti par les extrémistes de droite comme de gauche), appelée « Colons-Village », à l'audience confidentielle.

— La même année, a créé une société homonyme. Selon une plaquette publicitaire repérée dans un salon du Survivalisme, « Colons Village » cherche des

volontaires pour édifier un « éco-village nationaliste », sorte de communauté nationaliste blanche. Tarifs élevés. Il est suggéré que pour « bâtir un foyer », des femmes de l'Est pourraient être appelées à peupler le village.

— Alors ? redemanda Rachida Haddad, tourmentée.

Brice Bataille prit une longue inspiration. Il songeait à son avenir, bientôt la retraite, et au passé, à son palmarès de triomphes cachés, de victoires superbes et secrètes. Sa carrière ne pouvait s'achever sur un échec.

— On a affaire à un cas, je le crains.

La coordinatrice ferma les yeux, un relâchement qui voulait dire qu'elle ne souhaitait justement pas entendre ça, un relâchement qui demandait de l'aide. Bataille resta silencieux.

— J'ai appelé Drévillon, annonça Haddad. Il dit que c'est tout ce qu'il a.

— C'est tout ?

— Tout.

— C'est rien.

— Oui, Brice, trois fois rien.

— Trois fois rien du tout, tenta Bataille.

Rachida décrocha un demi-rictus.

— Qu'est-ce qu'on fait ? demanda-t-elle.

— Le PR serait sur le point de dire oui au débat, lâcha Bataille.

— Pardon ?

— C'est encore en discussion. Son conseiller mémoire pousse, le porte-parole pousse, le secrétariat général freine des quatre fers. Mais, de ce que je sais, Macron voudrait y aller. Par jeu. Et parce que nécessité fait loi.

Rachida Haddad attendait. Cette frénésie d'événements, ça faisait beaucoup, même pour elle, surdouée des cabinets. Une voix intérieure voulait la prendre à contre-pied et contre-emploi : elle lui disait de quitter les lieux, de fuir ce monde vicieux, et impossible, dans lequel elle s'était jetée tête la première, depuis l'ENA, le lycée, et même avant, depuis son Isère d'adoption, ni tout à fait parisienne, ni vraiment provinciale. Cette voix, c'était comme son rideau de paupières : fugace, apaisant – mais vain. Rachida Haddad ne pourrait pas se dérober. Personne ne pourrait.

À l'écran, Rex News titrait :

PRÉSIDENTIELLE 2022 : H-72

Le chronomètre écrasait les remords. Brice Bataille arpentait le bureau, de la fenêtre à la cheminée, des pavés de l'avenue Marigny à la couverture des Pieds Nickelés. Il saluait Filochard sur le foyer.

— C'est pour ça que je suis là, Rachida. Pour lui transmettre tes informations. Le PR m'a demandé une fiche.

— C'est dangereux, Brice.
— Quoi ?
— Le débat. Ce Gración est une tête brûlée. Un désaxé. Il n'a aucune limite.

Rachida Haddad s'adressait à Brice Bataille, ou plutôt à son dos, si élancé, si impeccablement dessiné par son veston à fines rayures. L'homme de grande taille ne daignait pas se retourner, à peine cherchait-il *la petite* dans le reflet d'une bibliothèque vitrée, bardée d'écussons et de mascottes de services de police du monde entier. Sans savoir ce qui le tracassait, Brice Bataille éprouvait un sentiment trouble, une réserve envers sa collègue, la lueur d'un doute, l'ombre d'une traîtrise. Enfin, il pivota, sourire aux lèvres. Il avait retrouvé confiance. Il plaisanta :
— Sans limite, comme toi, en somme ?
— Comme moi ?
Bataille pivota encore, et empoigna un trophée dans la bibliothèque. Sur sa base, il était marqué police de Bruxelles. Un cadeau des attentats de 2015.
— No filter, c'est bien toi. C'est bien moi. C'est bien le président, aussi. Nous sommes les seuls à savoir ça : lui, toi, moi, nous sommes tous hors des clous, depuis longtemps. Le système a vrillé. Il nous reste les apparences, et c'est tout.
Brice Bataille reposa délicatement la récompense.
— Et ces faux-semblants sont à sauver.

Deux jours avant le second tour

(10 h 20)

Les techniciens du plateau s'adonnaient à leur routine, avec un professionnalisme rare, sang-froid mêlé de savoir-faire, de précision et de nonchalance. L'un tirait les câbles, un deuxième réglait les lumières, deux autres veillaient au bon fonctionnement du rail des caméras, un cinquième faisait le tour des micros – un sixième surveillait le manège. De partout, ça vibrillonnait comme si le studio n'attendait que ça, qu'on l'anime, qu'on l'illumine. Ce qui distinguait les machinistes Rex News de leurs confrères des autres chaînes était à la fois l'uniforme qu'ils portaient, quand les autres s'affairaient sans tenue particulière, uniforme aux couleurs de la chaîne (sur leur poitrine, il était écrit « Information » ; dans leur dos : « Révolution. Team. ») ainsi que la légère crainte que leur langage corporel peinait à camoufler.

Chez Rex News, les salaires étaient plus élevés que la moyenne car la cadence et les vexations surpassaient celles de la concurrence. L'application d'auto-notation, le joujou de la DRH, se rappelait au bon souvenir de chacun – et si ça ne suffisait pas, tout le monde avait en tête le psychodrame qui s'était tenu cinq ans plus tôt, ici même, dans le grand studio, le Studio A, quand la moitié de la rédaction, en pleurs, et au bout de soixante-six jours de grève, n'avait eu d'autre option que d'accepter le couperet : Philippe Rex venait d'avoir la peau de ces gratte-sunlights. D'une chaîne d'info en continu qui végétait, il ferait le vaisseau amiral de sa flotte, l'avant-garde de sa stratégie. De ce studio, il bâtirait son empire médiatique, un immeuble agrandi, et son ascenseur de verre pour trône : CanalInfos deviendrait Rex News, et lui affirmerait son rang royal. Dans un de ses rires rauques (la rumeur disait que Philippe Rex avait emprunté ce signe distinctif, et son brushing, et ses dents, à un autre raider : Bernard Tapie), il envoya un message qui, sur l'instant, ne fut perçu à sa juste mesure par personne.

— Vous les journalistes, qui prétendez couvrir la marche du monde, vous vous êtes intéressés à moi quand je m'étais déjà intéressé à vous…

Son rire redoubla.

— Quand il était trop tard ! Trop tard !

Cinq ans plus tard, sur les bancs du public, Pascal Jacotaud savourait le moment. L'animateur observait les petites mains dresser la table de sa renommée. Il tenait sa revanche, elle s'étalait sous ses yeux, dans ces préparatifs, c'était pour le soir même, la finale, la grande finale, la seule finale, le débat de l'entre-deux-tours. Il allait l'arbitrer. Ici même. Lui-même. C'était l'Histoire, il entrait dedans, le petit gars de Saint-Étienne. Tout se déroulait à merveille, c'était un cadeau du ciel, une offrande inespérée : l'enlèvement du patron guidait l'événement. Jacotaud ne voyait que la coupe, que l'objectif, la courbe d'audience, les records, il ferait l'élection ; ce soir, ce serait son Stade de France, son 12 juillet 1998, il allait devenir un Platini qui aurait réussi, le Zidane des écrans. Madeleine Jiffré, avec laquelle, sur les Champs-Élysées, Jacotaud avait pris son petit déjeuner pour préparer le marathon du jour, avait trouvé l'élément de langage.

Ce soir, c'est Jacotaud.

Ce soir, c'est trois buzz à zéro.

Le journaliste avait ricané, emportant la Caméléon dans son fou rire. Leurs voisins du Fouquet's ne comprenaient rien à leur humeur si guillerette. Ces vagues touristes attirés par l'odeur du bling-bling et des incendies ne parlaient pas assez le parisien des faubourgs médiatiques (le Fouquet's, reconstruit à l'identique après sa mise à sac par quelques gilets jaunes, trois ans plus tôt, jouissait en effet d'une étrange réputation sulfureuse, qui amenait à lui une clientèle gavée de dollars douteux et de clips sans imagination).

Sans perdre une goutte du spectacle qui se donnait sous ses yeux, Jacotaud tenait son téléphone à plat, le micro à cinq centimètres de la bouche, le haut-parleur actionné, de sorte que chacun puisse l'entendre parader. À voix haute, Jacotaud dictait des bribes de lancement. Comment allait-il présenter ce match ? Tout était inédit : le nombre de participants, leur qualité, leur fonction, leurs différences. Jacotaud était dans son monde, dans son élément, son phrasé était frénétique, tout s'y écrasait, sa fièvre, et son ivresse, quand soudain une main se posa sur son épaule.

— Pascal, on est dans la merde.

Deux jours avant le second tour

(16 h 37)

Dans la bergerie, Rex semblait revigoré, malgré les fers aux mains, et s'il me dévisageait avec son arrogance habituelle – en dépit des efforts qu'il déployait pour s'en défaire – son visage avait retrouvé son teint de PDG ; ce hâle de magazine et de carotte, d'énergie et d'envie. Tout indiquait que je l'intriguais, autant que son pouvoir me fascinait. Coupés du monde, nous nous reniflions, à défaut d'être proches. Sa relative bonne humeur, qu'il devait à sa versatilité, me donnait de la force. C'était ça de moins à gérer.

Rex n'était pas supérieurement intelligent, comme la presse avait accepté de le faire croire, et pas seulement la sienne ; disons que Rex transpirait l'époque – la rapidité, le cynisme, la conviction que seule l'action compte, il répétait :

— Ce qu'il faut faire, c'est faire. Et faire faire.

La perspective de mon débat avec Macron et Sénéchal agissait sur lui comme un coup de fouet.

Son œuvre, sa pépite, sa chaîne d'info prenait la tête de l'information, elle *était* l'information, le rêve devenait réalité, Rex *faisait* la réalité. Même entravé, même menotté, même caché au fin fond du bocage de l'Orne, loin de tous, des siens et des chiens, comme il disait, Rex demeurait Rex : le roi de Paris, et des médias qui croient faire la France. Le souverain goûtait plus que jamais sa puissance, tout désarmé qu'il était devant moi, accroché à l'anneau de la « meeting room ». Cette impuissance qui guidait encore la marche des choses était la marque de son pouvoir. Il s'en délectait.

Plus que le contrôle, Philippe Rex aimait sa prise. C'était ce qu'il voulait que je retienne de ses monologues : ravir le contrôle d'une entreprise à un rival ; soustraire les esprits à des chaînes concurrentes ; fabriquer les marionnettes que d'autres croiraient manipuler ; voilà sa raison d'être. Sa philosophie de raider lui donnait, c'était indéniable, et brutal, un temps d'avance sur ses ennemis – et un avantage sérieux sur ses amis. Toute la fougue de Rex tournait autour de cette idée : créer les conditions du conditionnement. Il incarnait le monde que je voulais mettre à bas ; ce capitalisme sans souche, cette finance internationale, qui se joue des frontières et des traditions, prêt à tout détruire du moment que ses tenants seront aux avant-postes pour signer les contrats de reconstruction. Sur son lit de mort, son père Antoine l'avait cependant mis en garde, m'avait confié Rex : pour manipuler durablement, point trop n'en faut.

— Mon père était la modestie même, s'exclama Philippe Rex, sans trop y croire.

Mon souci d'intendance, mon amour du travail rondement exécuté, ma préoccupation à préparer au mieux mon coup, était sans doute ce que Rex appréciait chez moi, s'il pouvait apprécier quoi que ce soit chez ses semblables. Tandis que nous discutions, le patron de Rex News me proposait de l'aide pour installer un rideau de fortune, un rideau vert – je déclinais, aucune confiance en lui, jamais, en personne.

— Au fond, dit-il, nous sommes les mêmes. Des esprits libres... Des gitans.

— Des gitans ? grommelai-je.

— Oui, appuya Rex.

J'attendais la suite, perché sur une chaise bistrot, la main droite chargée d'une tringle ; l'autre, d'un couteau. Il embraya :

— Mon empire, c'est un camp de gitans, vous voyez Jérémy ? Très soudés, très débrouillards, très... vous comprenez... On écrit nos lois. Les gitans, c'est pas si loin de vous, non ? Avec vos histoires de mémoire d'eau, de transmission, de rites.

J'attendais toujours.

— Et dans un camp de gitans, il y a ceux qui apportent du bois pour le feu, et il y a le chef. Vous... moi... nous sommes le chef.

Je me demandais où Rex voulait en venir, alors que j'ajustais le rideau, une découpe là, une autre ici. Depuis le premier jour de l'enlèvement, Rex et moi avions pris l'habitude de discuter ainsi, à bâtons rompus, comme si sa condition de détenu lui ouvrait des portes, de la perception, et des convictions – un kidnapping-catharsis.

Rex parlait, et parlait encore, sans que je sache si c'était son cœur, ses tripes ou s'il voulait me niquer. Ou la peur, peut-être ? Ou encore, plus sûrement, parce qu'il pensait que j'allais finir criblé de balles, et emporter ses secrets dans les flammes de la crémation ? Ce qu'il disait était du carburant pour ma colère. Il croyait que je l'écoutais, je bouillonnais.

Au Donbass, j'avais vu se produire le même phénomène dans un centre culturel transformé en bastion de torture : des prisonniers violés par d'autres prisonniers, sous l'œil de leurs geôliers, se métamorphosaient rapidement en puits à parole. L'enfermement a des vertus insoupçonnées.

— On ne détrousse pas le peuple, poursuivit Rex. Nous, les bohémiens, on lui apprend ce qu'il est, au peuple. Ce qu'il veut bien endurer, ou pas.

Dans les aveux de Rex, tout y passait : ses relations politiques – il ne disait pas ses amis – il me concédait raffoler par-dessus tout des ministres à la retraite, de tous bords si possible, alliés précieux à nommer dans les innombrables conseils d'administration de ses innombrables filiales ; ou sa grande passion pour le papier. L'empire Rex avait pris son envol dans une petite imprimerie : papier bible, papier cigarette, papier carbone, missels, Rex-le-papier-des-Rois, c'était le slogan. Le jeune Philippe Rex – *Ouest France* l'appelait l'Ouest Golden Boy, ça faisait branché, c'était l'époque – avait retourné les ouvriers de l'imprimerie, au bord de la banqueroute ; son moment peuple, mille fois narré dans les enquêtes à son sujet – il n'y a plus que les journalistes pour croire à pareilles fadaises. La réalité était que deux syndicalistes, deux jaunes, avaient accepté le plan de redressement du patron contre, pour l'un, un poste de contremaître (qu'il n'aurait jamais) et pour l'autre, une cuisine Conforama tout installée chez lui (qui n'arriva pas).

Rex me parlait aussi de ses escapades avec des speakerines de seconde zone, avant de se reprendre et de m'expliquer ce que Paris chuchotait mais n'osait dire, ni publier. Le père Perez était l'un des très rares dans la confidence – même Antoine le Patriarche n'en avait jamais rien su. Il fallait respecter le conservatisme familial, la moindre déviance étant perçue comme une menace. Chez les Rex, les secrets de famille valaient ceux, confidentiel Défense, des États.

Sur le père Perez, Rex était intarissable. Son curé lui manquait, cet abbé qui l'accompagnait partout, dans tous ses déplacements, à Paris comme à Pékin, un prêtre à domicile, privé et privatisé, dans la tradition des grandes familles d'antan. Un jour sur deux, à heure fixe et bien matinale, 6 h 55, le père Perez et le fils Rex se rencontraient. Rex m'avait expliqué : il allait à confesse, le curé expiait ses fautes, et, à 7 h 02, c'était fini, tout allait bien, les affaires sont les affaires, tout redevenait possible par la grâce de Dieu.

— Se confesser, c'est briser tous les tabous. Le jour où les laïcards comprendront, Jésus reviendra, rit encore Rex.

— Amen, appuyais-je en pilotage automatique.

À la vérité, je n'écoutais plus, affairé que j'étais. Le rideau tenait enfin, sur le côté gauche de la pièce, face à Rex, et à la fenêtre. Je n'étais pas mécontent de camoufler plus encore mon abri. J'avais tendu le tissu, et plutôt même archi-tendu, sur les conseils de Rex : il ne devait se former le moindre pli, la moindre imperfection. Le rideau donnait une touche moderne à ma ferme.

— Comme ça, c'est bien, approuva-t-il.

Deux jours avant le second tour

(20 heures)

Le cadran rouge égrenait les secondes, et Pascal Jacotaud affichait la mâchoire des grands jours, ce rictus serré qui avait fait sa réputation de mauvais garçon du temps joyeux des matchs de football. Il entendait tenir et l'antenne et son rôle, l'une et l'autre avec du cœur à l'ouvrage ; tout dans son regard, dans ses gestes, dans sa manière de hausser les épaules, cette manie de toujours, trahissait ses airs d'adolescent qui voudrait tant entrer dans la cour des adultes, et arracher une place à la table des grands. Cette souffrance disait aussi l'inverse, comment son corps refusait de croire ce à quoi son esprit voulait se destiner : Pascal Jacotaud ne serait jamais totalement légitime. Au-dessus du chronomètre, un mur d'écrans listait les convives attendus pour le banquet républicain, trois noms – et trois fonctions :

Emmanuel Macron, Président de la République.

Elsa Sénéchal, Parti Identitaire.

Jérémy Gración, Citoyen ordinaire.

Banquet républicain, c'est Madeleine Jiffré qui avait déniché l'expression, pour qualifier ce qui s'annonçait comme le débat le plus décadent de l'histoire de la république télévisée. Le débat des temps modernes. La formule présentait l'avantage de la désuétude rassurante, c'était tout Madeleine Jiffré, perfidie et audace, jusque dans les formulations.

Dans les loges régnait l'ambiance des grands jours, cette enveloppe inconnue du grand public, l'ambiance insoupçonnée des coulisses, le calme imposé, le stress rentré, la nervosité contenue, quand chacun des participants, du vigile à l'assistant de production, du réalisateur à l'habilleuse, se croit au centre du monde – pauvre maelström artificiel. Au maquillage, Madeleine Jiffré s'affairait. Elle s'inquiétait de la teinte du mascara, il fallait à son protégé une lueur de chaleur, mais pas trop ; et sur la joue, du bon teint mais rien d'ostentatoire.

En régie, le réalisateur, capitaine de la chaîne par intérim, avait les yeux rivés sur son téléphone. Un accord avait été conclu avec Gración : il devait envoyer une vidéo de Rex, pour rassurer l'équipe, rassurer la chaîne, apaiser la France, témoignage qui ouvrirait l'émission. Mais la vidéo tardait à venir, et le chronomètre battait son pouls.

Comment le public allait-il réagir quand il comprendrait que l'affiche ne tiendrait pas ses promesses ? Toute la journée, Jacotaud avait fulminé, il avait une énième fois menacé de démissionner, il disait qu'il avait toutes les chaînes aux basques, tac tac, il pouvait changer de crèmerie comme de nœud papillon, avant de se raviser. Dans l'après-midi, Madeleine Jiffré s'était expressément rendue au siège de Rex News, pour lui donner des gages. Macron réélu, Jacotaud aurait droit à une interview exclusive, garantie sur fausse facture, avait-elle plaisanté.

Au maquillage, Jiffré tendit un texte à Jacotaud. Il le chuchota d'une tonalité si basse que personne ne pouvait en comprendre la teneur exacte, mais assez élevée tout de même pour que chacun dans la loge puisse saisir que la vedette des *Rois du Prime* tenait un scoop : le communiqué de l'Élysée pour justifier l'absence d'Emmanuel Macron le soir même.

Jacotaud posa sa main sur la doublure de Macron.

— Bonjour monsieur Bataille, enchanté de vous recevoir.

Une poignée de minutes plus tard, l'animateur en était là, en plateau, à fixer les clignotements du chronomètre. Quand le décompte parvint au terme, et que le rouge passa au vert, la caméra principale fit un étrange mouvement, d'une lenteur rare sur la chaîne, comme pour surjouer le drame – ou camoufler le vide. La musique en rajoutait ; *in extremis*, un producteur avait troqué l'habillage maison par *Immortal* de Thomas Bergersen, pièce préférée de Philippe Rex, comme un signe de soutien – si le patron devait suivre le débat, là où il était – et un clin d'œil assumé à l'audience de la chaîne. D'Éric Zemmour au Puy-du-Fou, de Marine Le Pen à Elsa Sénéchal, *Immortal* avait été la bande-son de la campagne, au point que Madame Quinquennat avait fini par convaincre Emmanuel Macron lui-même d'en injecter des extraits dans ses TikTok.

La caméra pivotait maintenant à droite de Jacotaud, sur sa jeune collègue Stéphanie Latour, étoile montante de la chaîne, et les téléspectateurs découvraient ce qui faisait face au duo : le vide.

Ou presque.

Trois fauteuils dont deux sans âme, sans corps, abandonnés ; et le dernier avec une silhouette mystérieuse. Un homme d'un âge certain, cheveux plus sel que poivre, et qui semblait grand, au visage sec, totalement inconnu au bataillon de l'audimat.

La production avait préféré ces fauteuils à des pupitres, parce que les études sortaient le même constat : au-delà de 45 ans, les téléspectateurs demandaient du calme et de la prestance, du rassurant et du confort. Lors des débats électoraux, les pupitres à l'américaine avaient fait leur temps. L'effet d'identification ne jouait plus. Les conditions de la campagne étaient même devenues un enjeu de la campagne, les uns et les autres se déchirant sur cette question, bien heureux de ruminer des sujets de causeries nouvelles, et insignifiantes. Le temps passé à ça était volé au reste, le Désastre en cours, écologique et moral. Omni-retransmise, la campagne devait refléter les nouveaux usages. Cette campagne sonnait le règne de la télé-politique et des fauteuils de salon.

Rex News revenait aux bases, les fauteuils à la Giscard-Mitterrand, à la Mitterrand-Chirac, le bon temps d'avant, d'avant la fournaise, quand la télé ne faisait pas de la réalité, une poussière.

Ce vide saisissait d'emblée, il intriguait. Était-ce un énième coup de la chaîne ? Une *Rexnewseurie* ? Selon la formule du chroniqueur télé de *Télérama*, vissé devant son écran depuis des années, à démonter le spectacle, et auquel Philippe Rex aimait faire parvenir à intervalle régulier des papiers bleus, collection de convocations de justice, pour délit d'opinion. Rex avait le choix des armes, il entendait conserver celui des mots : Rex refusait qu'on soit désobligeant, comme il disait, à l'égard de son œuvre. Ce vide, une nouvelle mise en attente, pour faire grimper l'audience ?

Stéphanie Latour avait beau arborer son sourire le plus commercial, et son décolleté le plus vendeur, et ses mimiques les plus avenantes, ses efforts ne parvenaient pas à dissiper le doute et l'incertitude. C'était la première fois. Elle craignait que sa botte secrète – ses reparties fulgurantes – n'ait pas plus d'éclat. Tout prenait l'eau – jamais l'absence du patron n'avait été aussi criante, et sa vidéo qui n'arrivait pas…

La *merde* était là, la merde des répétitions du matin – la merde s'étalait à la vue de toutes et de tous. Tout ce vide, qui volait son triomphe au Roi du Prime, comme un coup de grâce, un Séville 1982, et *à-la-fin-ce-sont-les-Allemands-qui-gagnent*, Jacotaud en Platini déchu, vaincu à la dernière minute, coiffé au poteau de la gloire, et sur le sentier des vanités.

Avec aplomb, la présentatrice cherchait à décrire la situation, sous le regard fermé de son collègue, impuissant face au fiasco. Elle lui infligeait une leçon de prestance ; Jacotaud la croyait pimbêche et plante verte, elle démontrait son professionnalisme, qui n'avait rien à envier au sien. Peut-être Jacotaud sentit-il le danger ? Stéphanie Latour le surclassait.

La situation était la suivante : Elsa Sénéchal, qui avait refusé le débat dans un premier temps, avait accepté *in fine* de se plier à l'exercice, à contrecœur, et à une condition, qu'elle participe à distance. L'égérie de l'extrême droite était en duplex, quelque part dans Paris, depuis un studio tenu secret, le studio de secours de France Télévisions – un lieu confidentiel, clandestin même, à la façade anonyme, prévu en cas de renversement ou d'attaque nucléaire, et mis à la disposition de Rex News à la demande insistante de l'Élysée.

— Elsa Sénéchal, demanda Stéphanie Latour, pouvez-vous expliquer les raisons de votre présence… à distance ?

— Elles sont simples, Stéphanie… Depuis le début de la campagne, je reçois, et ma sœur, et mes équipes, des menaces incessantes… Des menaces de mort. De la part des prétendus Antifas, ces fascistes antifascistes, vous voyez ?

— Oui, oui. Tout de même… C'est un peu dommage. Je veux dire… ne montrez-vous pas des signes de faiblesse ?

Elsa Sénéchal regarda son écran de contrôle et après un court instant, elle rétorqua, agacée :

— Si je manque de courage, alors que dire des deux autres ? Ils sont où, Gración, le soi-disant soldat de la France ? Et le président Macron, comme toujours, planqué à l'Élysée ? À Brégançon, qui sait, dans son fort ?

Pascal Jacotaud s'élança, la voix qui se voulait mâle :

— Chers téléspectateurs, nous vous devons des explications. Dans l'après-midi, nous avons appris que le président de la République, finalement, déclinait notre invitation.

Et de lire à l'antenne le faire-part de la présidence, où Emmanuel Macron expliquait sa surprise de voir marcher dans la combine la challengeuse des chaînes d'info (Macron avait écrit *combinazione*, sur les conseils de Brice Bataille lui-même, vague réminiscence des années Berlusconi, pour donner du grain à moudre aux éditorialistes à bouteille). Emmanuel Macron expliquait que, pour autant, la présidence ne se déroberait pas, qu'il avait toute confiance en Brice Bataille, envoyé le représenter. Emmanuel Macron se disait également confiant – il ne pouvait imaginer que la France s'offre à Sénéchal, actrice X d'un soir. Il ajoutait que c'était dans ces occasions graves, de vent mauvais, qu'on reconnaissait le génie français. Le pays allait se relever. « Et de la France, notre patrie, nul ne saura déraciner mon cœur » : il finit par citer Marc Bloch, comme il l'avait fait lors de ses vœux ratés de la Saint-Sylvestre passée.

— Et vous êtes donc là ! annonça Jacotaud en direction de Brice Bataille, qui répondit par un sourire en coin.

Stéphanie Latour jeta un regard furieux à son acolyte. C'était à elle de présenter l'invité mystère, le déroulé avait été écrit comme ça, tout le monde était d'accord, mais Jacotaud avait opté pour la contre-attaque, il n'aurait pas la défaite facile. Il présenta l'envoyé de l'Élysée, grand commis de l'État, serviteur de l'ombre, l'excellence républicaine faite homme. Bataille hochait la tête à chaque compliment : la maladresse touchante du parvenu.

— Alors, voulez-vous dire à nos téléspectateurs la raison de votre présence ici ? demanda le journaliste.

Brice Bataille partit dans les circonvolutions dont il avait le goût, avant de se raviser. Le training media se rappelait à lui, voilà qu'il glissait maintenant les mots prévus, *Stabilité, République, Honneur.* Les esprits les plus éclairés comprenaient le sous-texte : l'Élysée devait occuper le terrain, l'air de ne pas y toucher – la gestion du Covid ayant enjoint au personnel politique d'adopter une nouvelle attitude : revendiquer une soudaine humilité. La vérité était que les sondages – les sérieux, les secrets, ceux commandés par l'Élysée – se resserraient salement, et puisque Sénéchal et Gración s'étaient annoncés, il fallait bien faire contre mauvaise fortune, bon audimat.

De son invité, Jacotaud brossait un portrait que l'on devinait écrit par d'autres – Jiffré lui avait remis les formules saillantes au Fouquet's –, un itinéraire mystérieux, qui attribuait à Bataille un panache hors du commun. Pure diversion, et d'une ironie cruelle pour qui connaissait les rapports aigres-doux entre la communicante et le conseiller de l'ombre.

Elsa Sénéchal tentait de protester mollement, le duplex a ses défauts : hors champ, personne ne vous entend crier. La candidate serait inexistante une bonne partie de la soirée, pour des raisons d'éloignement physique, mais aussi par choix tactique : il était hors de question de rater ce débat du second tour. Le syndrome Marine Le Pen 2017 était dans tous les esprits, et surtout dans ceux de son camp. Ce ratage méritait le peloton d'exécution. Toute flamboyante dans son tailleur rouge, Elsa Sénéchal allait faire profil bas. Elle jouerait les ingénues, en rupture avec son image d'allumeuse, laissant la présentatrice Stéphanie Latour dans son concours de grâces.

Brice Bataille déroulait son argumentaire : s'il avait accepté la lumière, après tant d'années à l'écart, c'est à la demande du président, tout simplement : au nom de la gravité de la situation. Ils avaient pesé le pour, le contre, le pourquoi pas, le pourquoi mais, dans l'intimité de sa mansarde – Emmanuel Macron avait tenu à ce que ce tête-à-tête se déroule dans ses murs, fait rarissime, comme un signe de reconnaissance. Qui d'autre que Bataille, au fait de tous les secrets, et de toutes les stratégies, pouvait répondre à cet appel présidentiel ?

Pascal Jacotaud se contenta de l'explication. Ce n'est qu'au fil du débat qu'on allait comprendre. En fin de carrière, Brice Bataille avait accepté de se dévoiler enfin, parce qu'il arrive à tous, tôt ou tard, d'atteindre un moment de vérité, cette croisée des chemins qu'on redoute et qu'on espère. Pour Bataille, c'était ce soir-là. Une fois réélu, Macron le nommerait au Conseil d'État, ou au Conseil constitutionnel. Contre ses bons et loyaux services, il n'aurait qu'à choisir.

Le conducteur de l'émission prévoyait à présent la venue de l'autre clou du spectacle, l'invité mystère, celui dont le nom venait d'enflammer les réseaux : Jérémy Gración (ce dernier avait d'ailleurs exigé d'être nommé ainsi tout le long du débat : Jérémy Gración/remigration/Jérémy Gración, slogan martelé). La nébuleuse d'ultra-droite exultait. Des indiscrétions avaient libéré la parole. Les plus au fait révélaient qui était Gración, et ce que « les dissidents devaient à son groupe Cigale ».

Ce soir, ce serait leur Grand Déversoir : ils allaient terrasser « la bête immonde du gauchisme des beaux quartiers », « avec Jérémy, libérons les cités du Califat », « Terre de France, nous revoilà ! », « Pétain, Darlan, c'était le bon temps ! ». Ils se peignaient en « résistants » ; les « collabos », c'était Macron, c'était « l'État profond » ; « la Matrice », c'était « le Système », la chienlit LGBT+, Mai 68 ; c'était la presse aux ordres – sauf Rex News, la seule « parfois libre » (tout était dans le « parfois », ces militants prétendaient qu'il fallait tenir les chiens de la presse en laisse et à distance), Rex News, cette chaîne « qui ose parfois dire ce qu'on ne peut plus dire ailleurs ».

À Sénéchal ils laissaient l'extrême droite qui cherchait tant à se défaire de sa mauvaise réputation, cette extrême droite nouvelle mouture, fréquentable, moderne et sans complexe, et rassembleuse, celle des députés européens, des élus locaux, de Moissac à Hénin-Beaumont, celle des habitués des couvertures de magazines qui débordent aux caisses des supermarchés, et celle des renégats de la droite dite classique, corps sans tête depuis que ses derniers grands chefs s'étaient vus condamnés et racailles, à Rolex et à bracelet électronique.

Ceux qui se retrouvaient dans Jérémy Gración, c'étaient « les vrais ». En un éclair, ils avaient inondé Twitter, et Facebook, et Instagram, et YouTube, et Twitch. Ce duel télévisé, c'était leur Appel du 18 juin. Comme de Gaulle, ils se savaient largement minoritaires ; c'était la caisse de résonance qui ferait la différence : hier la BBC ; aujourd'hui, les selfies. En tenue de combat, dans les bois, armés d'arbalètes ou de pistolets à poudre noire, tatouages et croix gammées, insignes nazis et croix celtiques, et ce soir, le Saint des Saints, la machine à propulser : ils seraient *Les Rois du Prime* sur Rex News.

— Je suis la revanche sociale, lança Jérémy Gración en guise d'introduction. Je suis le sursaut des Remplacés, vous comprenez ? Je suis venu couper la langue du serpent médiatique. Je suis l'eau de la France, un de ces ruisseaux éternels qui irriguent le pays réel, le pays millénaire !

Vichy, de Gaulle, Napoléon, Robespierre, le mix était intégral. Par un renversement sémantique complet, les frères ennemis du fascisme d'hier se rangeaient derrière la bannière Gración : pêle-mêle, ses soutiens pouvaient venir des rangs de catholiques fervents, de nostalgiques de l'Algérie française, de bikers en mal de ratonnades à moto, de fans de Black Metal, formés au maniement des armes en Pologne, de skinheads de naphtaline, de Zouaves Paris, et d'enfants de bonnes familles lyonnaises.

Des DJ de la pensée fasciste.

Gración débitait sa vision du monde, tranchante et accrocheuse. Le décor de son duplex jouait les contrastes. Si son discours suintait la haine et promettait la violence, l'image en arrière-plan dégageait un sentiment pacifié : l'homme parlait devant un clocher incrusté à l'image, lointain, paisible, une photo bucolique sur fond vert acrylique. À deux reprises, Gración poussa le perfectionnisme jusqu'à déclencher sur son téléphone le carillon d'un clocher.

— Le problème, ce ne sont pas les Noirs, ni les Arabes. Mais ceux qui nous obligent à vivre avec. Ceux qui veulent assécher nos rivières. Comme monsieur Bataille, votre invité surprise !

C'était là, plein et entier, la cible de toute l'opération de l'activiste, de l'enlèvement de Rex à sa présence à distance ce soir, des mois de préparatifs, convaincre Toussaint Morville, organiser sa planque, voler une camionnette, puis une voiture, rapter Jiffré, la relâcher, installer une liaison Zoom sûre, indétectable, répandre la rumeur, réactiver ses réseaux, je veux que les gens votent en leurs armes et conscience, claironna-t-il dans un éclat de rire, avant d'ajouter :

— Les élections sont une affaire de temps d'antenne. Nous allons l'occuper. Vous comprenez ? L'Occupation. Comme au bon vieux temps.

Il rit encore.

Brice Bataille cachait son irritation, et s'il y parvenait, c'était par calcul : son expérience lui avait rappelé qu'il n'y a pas pire ennemi que soi-même. Combien d'hommes et de femmes avait-il vu chuter de leur propre fait ? Le septuagénaire se méfiait de ses propres emportements, surtout ne pas crier, ne pas s'élancer dans l'une de ses colères dont personne ici ne comprendrait le sens. L'envoyé d'Emmanuel Macron inspira un bon coup.

Brice Bataille commença par une boutade, il reconnaissait le bâtiment derrière Gración, c'était l'église de Sermages, dans le Morvan, le clocher de l'affiche de Mitterrand, en 1981, celle de la *Force tranquille*, quand le marketing politique pointait le bout de son venin. Bataille ironisait : on voit bien que monsieur Bourg (Bataille s'obstinait à le nommer par son véritable patronyme) n'est pas dans un état normal, c'est un pur confusionniste. Le vieil homme demanda deux minutes pour développer.

— Accordé ! dit Stéphanie Latour.

— Monsieur ne fait ni plus ni moins qu'appliquer la technique Bannon.

— Bannon ? Steve Bannon ? demanda Jacotaud.

— L'âme damnée de Trump. Son conseiller exécutif, oui.

Jacotaud était interloqué.

— Quelle technique ? bredouilla le présentateur, en réajustant son veston.

Bataille regarda l'écran de contrôle face à lui, il tenait à capter le regard de Gración.

— Bannon a dit : « Les adversaires politiques ne comptent pas, la vraie opposition, ce sont les médias, et la façon de se comporter avec eux est d'inonder la zone de merde. »

Au loin, on entendit un rire nerveux, sans que les téléspectateurs puissent savoir qui l'avait émis, sur le plateau, ou en duplex, Gración ou Sénéchal, Jacotaud ou Latour ?

— Et qu'est-ce que ça veut dire ? insista la dernière.

— UBM.

— UMB ?

— Non, UBM. Pour Unité de Bruit Médiatique, détailla Bataille. On appelait ça ainsi, dans les années 1990, la prime au bruit, à l'occupation d'espace. Sauf qu'aujourd'hui, pardonnez-moi, comme dit Bannon, c'est à coups de « seaux de merde » que ça se fait.

Bataille fit un regard-caméra, dans cette lourdeur puérile qu'affichent les débutants ou les prétentieux.

— Chacun a pu le constater : toute la campagne a été moche, dure, odieuse. Une *bannonisation* des méthodes, si vous me permettez le néologisme…

Jacotaud et Latour échangèrent un regard perplexe. Sur les écrans HD, derrière eux, Gración multipliait les signes de réprobation ; Sénéchal restait de marbre. Jacotaud prit la décision de donner la parole au spécialiste police de la maison, appelé à faire le point sur l'enlèvement de Philippe Rex. Selon de bonnes sources, Rex était détenu par Gración dans des conditions correctes. Gración aurait même fourni des preuves, assurait la marionnette du ministère de l'Intérieur : une vidéo de Rex, avec en mains la une du *Figaro* du jour, dans laquelle l'Empereur revenait sur des ragots colportés jusque dans ce journal. Non, affirmait Rex, il n'était pas responsable de ce qui lui arrivait, cet enlèvement n'était pas un coup monté, Rex News n'avait pas besoin d'une telle machination pour briller, son Empire se plaçait bien au-dessus de tout ça.

— Vous souriez, monsieur Bataille, remarqua Stéphanie Latour.

— Rien ne vous échappe. Je souris parce que... Oui, j'ai entendu cette hypothèse. Assez vite, pour tout vous dire. Elle est remontée via... la DGSI.

— Et alors ?

— Et alors... Je vais vous faire un aveu.

La camera 4, un robot fixé sur un rail, zooma sur le conseiller.

— J'y ai cru.

— Non ? s'exclama Jacotaud.

— Je vous assure. J'y ai cru, confirma Bataille, avec un brin de fausse modestie, qui sapait ses dernières tentatives de sincérité.

Au loin, Gración redoublait d'efforts pour reprendre la parole. Il ne tenait plus en place. En se levant de sa chaise, on aperçut son plus beau costume : celui en motif militaire, kaki et brun, treillis des grands jours.

— Vous allez répondre, monsieur Gración, mais laissons monsieur Bataille aller au bout de ses confidences…

— J'y ai cru, et la coordinatrice du renseignement, Rachida Haddad, aussi, parce qu'il ne fait mystère pour personne que le groupe Rex est en grande difficulté dans certains pays. Il y a les recours de syndicats en Asie, et les rapports qui font état de… attendez…

Brice Bataille feuilleta rapidement ses notes.

— … tentative de corruption et abus de confiance.

— Et qu'est-ce que ça pourrait avoir à voir avec le kidnapping ? interrogea Jacotaud.

— La révolution de l'information, c'est aussi quand elle tourne sur elle-même, avança Bataille, l'index pointé sur l'immense enseigne lumineuse de la chaîne, qui étalait son slogan. La révolution de l'information, c'est esquiver. Ruser. Jouer les centrifugeuses…

Pascal Jacotaud coupa l'invité. C'était son idée fixe de la soirée : reprendre l'avantage. Cette obsession en disait long sur l'esprit des lieux. Le dompteur se croyait supérieur aux lions. Il ouvrait les cages, surpuissant, Achille de pixels.

— Oui, monsieur Gración ? Vous voulez répondre ?

— On nage en plein délire, affirma Gración : ce que dit votre invité, l'affidé de Macron, c'est le visage triste de l'État profond, le visage de celui qui agite des mensonges, qui balance des fake news ! À longueur de temps ! Vous voyez, la photo derrière moi ? Ce clocher, bien sûr, que c'est celui de Sermages, mais regardez bien ! Moi, j'ai pas enlevé la croix du Christ comme Mitterrand avait fait sur son affiche ! Moi, je revendique notre héritage. Vous comprenez ?

Le réalisateur fit un plan d'écoute sur Brice Bataille. Beau joueur, *le vieux* opinait, tandis que Gración accélérait le débit :

— Moi, je ne suis pas un usurpateur ! Moi, c'est le Renouveau chrétien, vous comprenez ? La force... catholique ! Je mens pas ! Je photoshope pas ! La vérité... La vérité, c'est que nous sommes, nous, les Blancs, les hommes blancs, nous sommes en train d'être submergés. Vous m'accuserez d'être un maniaque, un dérangé, certains m'appellent le Défracté...

— On ne vous dira rien, monsieur Gración, on vous écoute...

— Mais je suis lucide, je suis comme beaucoup d'hommes aujourd'hui... D'hommes blancs. Un de ces célibataires malgré eux, abandonnés des femmes, comme tant d'autres.

— Mais qu'est-ce que vous racontez ? l'interrompit Stéphanie Latour, au grand dam de Jacotaud, qui lui serra le bras assez fermement pour que la journaliste comprenne le message : à partir de maintenant, c'était ta gueule.

— *Incel*, ça vous dit quelque chose ? continua Gración.

Depuis son studio, Elsa Sénéchal esquissa un sourire, ce sourire qui la rendait pour certains terriblement charmante, croyant y déceler une touche de fragilité dévastatrice. *Incel*, elle semblait connaître. À l'inverse de Brice Bataille qui paraissait, lui, à mille lieues de ces préoccupations. Il laissait le débat rouler sans lui. Quant à Jacotaud, il retira sa main de l'avant-bras de sa consœur et se racla la gorge, satisfait. Le présentateur rappela qu'il avait consacré une émission entière aux *Incels*, ce phénomène qui avait pris de l'ampleur aux États-Unis, *Incel* pour *involuntary celibates*, ces suprémacistes blancs, masculinistes, débordant de ressentiment envers les femmes, tous frustrés de ne pas assouvir leur soif sexuelle ; tous jaloux de ces Mexicains, Noirs ou Arabes qui, jurent-ils, volent et violent leurs femmes. Des tueries avaient été commises au nom du mouvement *Incel*, et celles-ci étaient le prétexte des spéciales de Jacotaud.

— Vous en êtes, des *Incels* ? demanda le présentateur.

— Et comment, j'en suis ! C'est toute ma vie ! Et nous sommes des milliers dans mon cas. Vous m'entendez, des milliers. Nous voulons une guerre raciale ! Nous allons l'accélérer ! Nous sommes prêts ! C'est la seule solution… La solution finale, vous comprenez ? La seule solution…

— Attendez, dit Bataille, de retour dans le jeu, un attendez qui brisait l'air glacial du plateau.

— Quoi ? demanda Gración.

— Est-ce que monsieur Bourg m'entend, là ?

— Oui, tout à fait.

— Tout ce que vous racontez n'a aucun fondement scientifique. Et vous le savez : vous brassez des fantasmes. Les Services vous connaissent, monsieur Bourg. De vous, ils disent que vous êtes un homme doté d'une grande intelligence, habile, vous êtes un manipulateur. Que vous soyez une tête, ça ne fait pas de doute. Mais une tête brûlée. Un soldat qui a participé aux horreurs de la guerre, en Ukraine. Vous ne pourrez pas importer ici votre discours de haine.

— Nous serions des milliers en France, à nous tromper ? Des millions dans le monde ? Ben voyons, rétorqua le preneur d'otage.

— Pardonnez-moi, reprit Bataille. Au fond, tout ce que vous racontez s'adresse à l'affect, on est d'accord ?

— Non ! Non ! Je parle de réalité réelle ! Vous comprenez ?

Bataille avait ciselé sa punchline. Il ajouta :

— C'est commode votre discours : vous n'avez pas besoin d'être cohérent, simplement d'être constant.

Gración éclata d'un rire nerveux, un rire de coup de grâce, le moment tant espéré :

— Le Capitole, l'année dernière, ça vous rappelle quelque chose, monsieur le conseiller du Prince ? C'est votre hantise, ça ! Février 1934, sur l'Assemblée… L'Arc de Triomphe, décembre 2018, vous vous rappelez ? Et le soulèvement de Washington, 2021. C'est cela qui vous met en panique ! On vous voit ! On vous voit !

Bataille encaissait. L'enthousiasme de Gración pouvait tout emporter. Le débit de son adversaire, sa joie, débordante et accélérée, le regard à sa webcam, naturel, réjoui, radieux, tranchaient avec sa maîtrise d'homme bien mis, trop, dans la sobriété du plateau de Rex News. C'était le coup de génie de Gración : à distance, par Zoom, il se mettait au niveau des téléspectateurs. Il n'avait pas l'allure de ces invités télé interchangeables – maquillé, coiffé, sonorisé, éclairé convenablement. Il était monsieur voisin-de-palier, assailli de questions, désigné ennemi du système, victime toute trouvée d'une mise en scène républicaine qui avait trop duré. Son irruption médiatique rappelait à chacun sa condition de citoyen confiné, télétravailleur, zoomeur solitaire.

Elsa Sénéchal sentait le débat lui échapper. Son silence jouait contre elle. Il fallait agir, il fallait empêcher Gración de capter toute la lumière. La candidate commença par un classique : amadouer la puissance invitante, en rendant hommage à celui qui, longtemps, avait veillé aux intérêts de la chaîne,

Bruce d'Arleux, l'« anarcho-libéral », l'« anticommuniste jovial », comme elle disait, l'avocat qui lui avait tout appris, l'ami de toujours du taulier (soudain, la jeune femme retrouvait sa gouaille), avant qu'il soit jeté comme un malpropre.

— Que ceux qui nous regardent ce soir, avança-t-elle, et je sais qu'ils sont nombreux, comprennent bien que j'ai été formée en quelque sorte par le numéro 2 de la chaîne, Bruce d'Arleux. Voter pour moi, c'est voter Rex News.

Elle donnait la panoplie de gages réactionnaires. Tout y passait, l'amour du pays, et de l'ordre. Plus de police, plus de frontières, plus de surveillance, Calais à brûler, clandestins à renvoyer ; Elsa Sénéchal s'imposait. La campagne et les matinales radio lui avaient prodigué une formation rapide.

À court d'arguments, Gración voulut abattre sa dernière carte, l'autre classique du genre, dont YouTube proposait des compilations à n'en plus finir : les attaques personnelles. Sans façon, il passait au tu.

— Bien sûr, Elsa, j'invite tout le monde à voter pour toi, je ne suis pas candidat, moi, juste un révélateur, un gars du terrain. Après tout, nous sommes dans le même camp. Le camp des patriotes. Mais tout de même, Elsa ! Pourquoi tu t'es désolidarisée de tous ceux qui ont fait le coup de poing pour toi ?

Sans ciller, la prétendante à l'Élysée lui répondit sèchement, renvoyant en une réplique les présentateurs à leur rôle d'arbitres silencieux.

— Je ne vois pas de quoi vous parlez, Jérémy !

— Voyons Elsa ! Tes colleurs d'affiches, tes trolls, le service d'ordre dans tes bains de foule médiatiques ! Tu n'as même pas eu un mot pour les groupes patriotes harcelés par la DGSI ! Rien contre les journalopes !

— On peut éviter la misogynie ?

Sénéchal maîtrisait les rouages du spectacle, le sourire quand il faut, la bonne respiration, la gestuelle contenue, et sûre.

Misogynie ? Jérémy Gración eut un petit sursaut. L'effet de surprise le figeait.

— Ah, non, pas ça Elsa ! Pas toi !

— Chacun jugera, Jérémy. Chacun comprendra aisément que ce qui vous est insupportable, c'est que ce soit moi, une femme, et jeune, qui accède au pouvoir pour défendre, au fond, une même idée de la Nation que la vôtre, mais avec d'autres moyens. Une femme, oui, voilà ce qui vous gêne, Jérémy, que je sois une femme.

Gración cherchait ses mots. Puis, cinglant :

— Une femme ? Une idiote utile, va ! Chacun jugera ! Tu joues le jeu que le pouvoir t'a demandé de tenir ! Le jeu imbécile de l'épouvantail, l'assurance vie de la social-démocratie ! La petite extrême droite propre sur elle, fréquentable, et tout le cinoche !

— Et vous, le rôle du psychotique ! Du malade ! Du hors-la-loi ! Du dangereux… C'était bien le Donbass ?

— Qu'est-ce que l'Ukraine vient foutre ici ?

— Le Donbass, on connaît, Jérémy. Nos amis aussi sont allés combattre, comme vous… Mais eux n'ont pas commis d'atrocités.

Dans le confort du studio mystère, Sénéchal renvoyait aux spots ce pour quoi ils sont suspendus : l'exaltation. La prétendante à la fonction suprême était là pour ça, pour être transportée, galvanisée. La télé est un shoot. Soudain, Gración se voyait relégué à sa condition : un-Français-comme-les-autres ; elle, une présidente en devenir.

— Pour vous, il n'y a que la psychiatrie, ajouta-t-elle, les mains au ciel.

C'était le coup fatal. Gración avait joué, il était anéanti. Même son rideau vert donnait des signes de faiblesse ; sur la droite, un pli naissant cassait l'incrustation du clocher de Sermages. Le retournement était complet.

— Oubliez les dingues ! Oubliez les Gración ! Moi, je suis la nouveauté, je vis seule pour me consacrer pleinement à la France !

Sénéchal s'adressa à Brice Bataille :

— Oubliez aussi l'ancien monde ! Oubliez ce monsieur !

Après une pause, Elsa Sénéchal porta un nouveau coup :

— Vous, d'ailleurs, vous qui ne dites plus rien depuis dix minutes, pouvez-vous au moins nous préciser où est la fiche S de monsieur Gración ? Hein ?

Elle en profita pour pilonner à nouveau la politique sécuritaire du gouvernement. Les rues ne sont pas sûres, la délinquance explose, la criminalité rampe, la preuve, l'impensable : jusque sur les plateaux de télé désormais.

— Maintenant, ce sont des repris de justice qui font la pluie et le beau temps ?

Bataille refusait de répondre.

Le briscard du pouvoir restait muré dans sa forteresse de silence, à l'abri des clashs et des répliques artificielles. Bataille était aidé par Jacotaud, qui ne daignait plus le relancer. Il commençait à se faire tard, et sans doute le journaliste devenait-il indisposé par la durée et la tournure de l'émission – et pourtant, il lui en fallait. Jacotaud devait craindre le retour de flamme, le verdict des réseaux sociaux, les mises en garde du CSA : même sans effet, la répétition de ces embarras constituait un obstacle à sa respectabilité en vue.

Toute l'attitude de Bataille avait été minutieusement pensée avec Madeleine Jiffré : jusqu'à la dernière seconde, il devait les laisser s'entredéchirer, Sénéchal et Gración, la belle et la bête, comme un téléspectateur avait posté sur Twitter, et dont le commentaire s'affichait plein écran. Cette scène de famille était ce que le petit Machiavel était venu chercher : que les extrêmes droites renouent avec leur détestation fratricide.

Stabilité, République, Honneur.

Son silence en était le garant.

D'autant que Bataille savait ce qui se tramait à quelques kilomètres de là.

Veille de second tour

(1 heure du matin)

Quand Brice Bataille regagna l'Élysée, la décision était prise, et elle le réjouissait. Elle le réjouissait au-delà des compliments, pas toujours faux, pas toujours creux, parfois sincères, qui le couvraient à son retour *à la maison*. Dans son esprit, sa prestation sur Rex News appartenait déjà au passé, il fallait écrire la suite, et l'écrire séance tenante. Maîtriser le tempo est tout ce qui reste à l'exécutif, rappelait-il souvent. C'est Rachida Haddad, dans son antre, en face du Palais, qui lui révéla les ordres donnés. Elle avait perdu, la DGSI avait eu gain de cause : dans quelques heures, les équipes du renseignement allaient interpeller le complice présumé de Gración. Toussaint Morville venait d'être logé, sur dénonciation – un patriote qui supportait mal que Gración fasse équipe avec un nègre.

Le patron de la Sécurité intérieure, Fabrice Drévillon, avait défendu son point de vue : taper Toussaint Morville, c'était se rapprocher de Rex, lui envoyer un message clair ; son ami, Rex. En outre l'opération présentait un avantage certain : elle allait saturer l'espace médiatique avant le scrutin. Madeleine Jiffré, dans la confidence, œuvrerait pour ça – elle avait consigne de s'assurer que les caméras de Rex News seraient présentes lors de l'interpellation de Morville. À cette heure-ci, la communicante devait s'affairer à tout arranger dans les bureaux de la chaîne, qu'elle n'avait pas quittés depuis le débat.

Le secrétaire général du Palais avait lui-même donné son aval. Les enquêtes d'opinion secrètes du jour, qui redonnaient un peu d'air au PR, étaient selon lui une incitation à passer à l'action : il fallait assurer une victoire franche, pour le président, comme pour toute l'équipe à l'Élysée. Que chacun puisse savourer et souffler, et revivre l'ivresse des Cent-Jours.

— J'obtempère, Brice, souffla Rachida Haddad, d'un ton contrarié, et froid, sans conviction. Mais on fait une connerie. On ne peut pas perturber les élections comme ça.

Bataille jeta un œil sur la cheminée du bureau de la coordinatrice nationale. À la vue des Pieds Nickelés, *Les As du contre-espionnage*, il fit la moue. Entre sourire et soupir.

— Chère Rachida, sache qu'on peut tout.

La mélancolie gagnait son visage.

Veille de second tour

(1 h 30 du matin)

— Je ne sais pas ce que je fous là !
— Ils disent tous ça, me tacla la capitaine.

Cela devait faire deux heures, trois peut-être, que nous nous faisions face, dans cette salle d'interrogatoire. Tout dans cette minuscule pièce était blanc, les murs, la table, le gobelet en plastique, la porte, la grille sur la fenêtre de la porte – comme la caméra du plafond qui me fixait en permanence. Et le couloir, que nous avions emprunté pour arriver ici, au sous-sol d'un immense bâtiment, tu sais où t'es ? m'avait demandé la fliquette à mon arrivée, bien sûr que je savais, DGSI, Levallois-Perret. Elle aurait pu me menotter à la chaise, et me tomber dessus, passage à tabac en règle, au lieu de quoi la capitaine avait choisi la méthode douce. Ni par égard, ni par facilité, simplement, l'officier savait que les coups n'agiraient pas sur moi. J'avais déjà enduré le pire du pire. La femme semblait en savoir long à mon sujet, policièrement parlant : plus que moi-même sur moi-même. Peut-être aussi évitait-elle les coups pour ne pas avoir à se justifier plus tard, auprès de sa hiérarchie, elle-même sommée d'expliquer les traces. La bureaucratie a parfois du bon.

— Et tu sais toujours pas pourquoi ? insistait-elle.

— Non.

— Arrête tes conneries, Momo… Morville. Tu permets, Momo ? Que je t'appelle Momo ?

Je me pinçais les lèvres pour toute réponse. Je l'écoutais distraitement : d'où cette policière tirait-elle son assurance ?

— Gración, il est où bordel ?

— Je ne sais pas.

— Comment ça, tu sais pas ? On t'a repéré sur les images de surveillance à Rex News. Un client du bar La Locomotive, à Sarcelles, t'a identifié formellement. Bingo encore à la gare RER, où on te voit acheter un ticket retour pour Madeleine Jiffré. Elle-même t'a reconnu. Et c'est pas tout : on a reçu un renseignement. Un gars du groupe Cigale.

— Qui ça ?

— Le gars ?

— Non, le groupe, c'est quoi ?

— Fais pas le malin, Momo. On n'a pas le temps.

Je pensais au costume que ses collègues n'avaient pas voulu que j'enfile, quand ils avaient défoncé ma porte. J'aime être présentable pour les grandes occasions, et mon interpellation en était une. Je n'appréciais pas leurs manières de faire. J'étais un Antillais, ils pouvaient me rabaisser ? Qu'ils aillent se faire foutre, et la capitaine la première. Je n'étais là pour personne : ni pour elle, ni pour Gración.

Elle déroula la liste des saisies effectuées dans le cabanon de chantier, sur le terrain de ma voisine, à Villiers-le-Bel, derrière Sarcelles. L'informateur savait ça aussi, où était ma cache. La capitaine siffla, sacré arsenal, dis donc, un fusil d'assaut, deux à pompe, une arme de poing 9 millimètres, une palanquée de grenades d'exercice militaire, trois gilets tactiques, une paire de jumelles à vision nocturne, un couteau papillon, un petit millier de munitions de calibres divers. Elle m'expliquait que ses collègues faisaient les vérifications d'usage en ce moment même, sur la légalité de tout ça, et qu'ils n'avaient aucun doute : ça puait la contrebande.

— Tout ça, on peut oublier, si tu nous aides.

Elle aborda mon CV.

— On comprend pas, Momo.

Elle me tendit le gobelet.

— Bois un coup, va.

Je déclinais. Je savais pertinemment ce qu'elle cherchait : que je pose mes lèvres là-dessus, que j'avale deux ou trois gorgées, que je remette le verre en plastique sur la table – et qu'elle me l'arrache d'un coup sec, pour prélèvement d'ADN express. Au combat, j'avais appris à contrôler ma soif.

— On comprend pas comment un gars comme toi, formé à l'ultra-gauche, a pu se retrouver aide de camp de Gración ?

Je ne déviais pas de ma ligne, la seule qui vaille : le sauf-conduit du silence. Il était vain de s'expliquer *ici* ; cette capitaine et ses sbires n'avaient aucune volonté de comprendre, ce n'était pas leur métier, leur boulot c'était de plaire aux chefs et d'obéir aux ordres, et aux consignes que les chefs eux-mêmes prenaient au-dessus d'eux – la capitaine passait son temps à me rappeler que le grand patron lui-même, Drévillon, avait exigé d'être mis au parfum de la garde à vue, minute par minute. Si ça trouvait, le boss écoutait aux portes, comme elle disait.

Comment pouvait-elle comprendre, cette capitaine, ce qui parvenait à nous unir, Gración et moi, malgré nos convictions opposées ? Avait-elle entendu parler de la solidarité de bivouac ? Avait-elle la moindre idée de ce que cette fraternité pouvait engendrer, cicatriser, rapprocher ? Et les petits-bourgeois de la télé, qu'en savaient-ils ? Que savaient donc de la vie tous ces gens censés nous gouverner, les flics, les juges, les politiques, les journalistes ?

Rien.

Ils ne savaient rien. Ils ignoraient le prix des mains sales. Moi, à qui leur République n'a concédé que le rôle de serpillière ou d'éboueur, je sais ce que je dis. Tout ce qui intéresse ces gens est de discourir sur la légalité ou l'illégalité des choses, la légitimité ou l'illégitimité des actes : ils ne s'intéressent pas au *sens* de la vie.

Les puissants ne pourront jamais savoir ce que ça donne d'être sourd d'une oreille, parce qu'un obus vous a pété à la tronche, et d'entendre, de l'autre, une voix surgie de nulle part, surgie de Sarcelles, de l'enfance, réclamer le cessez-le-feu. C'était ça, ce qui s'était passé à Donetsk. Je combattais du côté des Ukrainiens ; Gración, côté russe. Nous étions deux soldats perdus, une sale guerre, qui nous dépassait et nous transcendait, le Donbass, personne n'y comprenait rien, comment on s'était retrouvés là, une petite cinquantaine de Français, baladés par deux propagandes de haut vol, pro et anti-Russes, deux propagandes qui se répondaient dans une synchronicité diabolique. Jusque dans le camp de Gración, des fachos d'accord sur tout pouvaient s'entretuer, selon qu'ils avaient revêtu l'uniforme pro ou anti-Kiev : une confusion magistrale. Et les mêmes, à Paris, des mois plus tard, de défiler avec des gilets jaunes, bras dessus, bras dessous, breloques et médailles sur le poitrail.

Ce soir-là, à Donetsk, c'était ma dernière semaine, j'étais bien décidé à rentrer. J'en avais assez vu, compris assez de choses, j'étais aguerri : je pouvais rentrer, bel et bien formé aux armes. Et je ruminais déjà, sachant ce qui m'attendait au retour, les questions déplacées des copains, les demandes insistantes d'interview de pigistes en mal de sensations – et le débrief de routine des Services. Qu'est-ce qu'elle croyait, la capitaine, que je n'étais pas prêt à affronter sa sale besogne ? Fiché S, c'est un passeport pour le combat.

À Donetsk, il faisait nuit – les affrontements prenaient toujours feu le soir, quand les observateurs de l'OSCE retournaient à leur hôtel. Et boum, immense boum, immense éclat, la gueule en sang, je trébuche, un bout de mur qui s'écroule sur mon épaule et me tire de la mort : je suis en vie. Et des silhouettes sorties de la déflagration qui s'approchent, et la première, celle de Jérémy.

— Oh, Momo ! lâcha la capitaine.

Elle avait oublié ma surdité. Son cri était étouffé, il n'avait l'air de rien. La capitaine voulait que je sorte de ma torpeur, que je lui réponde, elle tapa dans ses mains, je crois bien, comme pour chasser les mouches ou attirer mon attention, ou les deux. Un de ses collègues entra alors dans la pièce immaculée, mais j'étais ailleurs, dans un autre interrogatoire, dans une autre pièce, grise, humide, sale celle-ci ; une salle de torture, un centre culturel de Donetsk transformé en prison secrète, tenue par les amis de Gración. L'homme de la DGSI qui me faisait maintenant face ressemblait terriblement au maître des lieux de là-bas : gras, la calvitie hésitante, la pire, des mains comme des souches, Palytch, il s'appelait, le bourreau, un sadique de première, alcoolique au dernier degré, qui violait les prisonniers en hurlant des chants russes. Chaque aveu arraché, entre ses bras et son sexe, donnait droit à une chanson de Black Metal diffusée dans toute la prison. On savait qu'un homme venait de mourir, ou de parler, ou les deux. Palytch paradait ensuite, le Black Metal, il disait, c'était la seule chose potable que l'Amérique avait produite. Ça, et Guantanamo.

Au bout de quelques jours, Gración était intervenu. Il avait mon billet de retour – et ma parole. Je ne poserais aucune question s'il devait, un jour, solliciter mon aide.

— Monsieur Morville, essaya l'agent de la DGSI. Vos amis nous ont expliqué ce qui vous lie à Jérémy. Ce qui s'est passé au Donbass ne concerne que les autorités ukrainiennes, et russes éventuellement. Nous, nous voulons savoir où vous avez déposé monsieur Rex, après l'avoir enlevé à son bureau ?

Complicité de séquestration avec violence, ça pouvait aller chercher jusqu'à vingt ans, complétait le policier, plein de prévenance, surtout si la disparition de Rex dépassait les sept jours. Moins, la peine tombait à cinq années de réclusion. C'était d'un pathétique. Des années durant, un avocat m'avait transmis des tonnes de PV d'interrogatoires, mes cours du soir, comme disait le baveux, et à chaque fois, comme maintenant, je me demandais qui du cinéma ou de la réalité avait déteint sur l'autre ? À quoi rimait ce petit jeu du gentil flic ? Sur qui ce manège pouvait encore agir ?

Le commandant – c'est par ce grade que la capitaine l'avait désigné, mais le type me semblait d'un rang supérieur, peut-être de par son port altier, et sa manière étonnante de parler à des temps rares ? – affirmait qu'il était dans l'intérêt de tous que je parle. Il pourrait antidater le procès verbal, faire croire que j'avais été coopératif avant les sept jours fatidiques, pour passer de vingt à cinq ans de taule, avec les remises de peine, allez, je n'aurais pas de case prison.

Conneries.

La DSGI avait saisi un point crucial : le loup solitaire n'existe pas. C'est une fabrication médiatique, un spectre à brandir, une menace aux contours flous mais féroces, l'excuse commode des Services en cas de déraillement : la figure fantasmée qui autorise toutes les peurs, toutes les dérives, et alimente les plateaux télé jour et nuit.

De ce que je comprenais de la biographie que le gars de la DGSI me tissait, j'étais à ses yeux un *prepper*, au sens de mes frères noirs américains, un préparé, un néo-survivaliste. L'eau contaminée à Flint, Michigan, les ouragans à La Nouvelle-Orléans, les ravages du crack partout : lors d'une réunion à Montreuil, un camarade, Derek, un Afro-Américain venu de Cañon City, Colorado, la vallée des prisons, m'aurait ouvert les yeux, selon le petit indic qui avait tout balancé aux pandores : il ne fallait rien attendre des Blancs, les crises à répétition sont leur mode de domination. Avec quelques camarades, toujours selon le mouchard, nous aurions monté un cercle, les PPC, *Preppers Paris Club*. Notre organisation était horizontale, pas de chef, pas de directives, tout serait décidé pour et par le groupe. Une *commune* de survie.

Gración lui-même, le commandant ne l'imaginait seul. Il le voyait plus malin que les autres, et voilà tout. Gración aurait appris ça au combat : être étanche à tout, tout le temps, compartimenter. Sur ce point, l'enquête avait raison, et sur toute la ligne : quand Gración était venu me vendre son plan, un mois auparavant, je n'avais posé aucune question.

J'avais une dette de guerre, ça suffisait.

Pour Gración, l'enlèvement de Rex allait être le coup d'éclat fatidique, l'aller simple pour provoquer l'effondrement, ce chaos tout en couleurs, que nous cherchions tous les deux, mais avec des vues contraires.

Moi, pour mettre à bas les inégalités.

Lui, pour mettre en place un monde d'Apartheid.

Il était venu me chercher chez moi, derrière Villiers-le-Bel, dans une forêt à l'abandon. Nous étions d'accord sur le constat : de la confusion ambiante, il faut faire une force. Partir d'elle, l'exploiter à son maximum, pour que le monde change, quitte à en passer par le pire. Il faut une stratégie du choc. La comédie a assez duré, celle de la République, dont ceux qui respectent les valeurs subissent les carcans ; tandis que ceux qui les dictent en tirent profit.

Dans la pièce blanche, je restais prostré, une habitude prise à Donetsk. Par plaisir, je soutenais le regard de la capitaine, puis celui du commandant, puis je revenais à la capitaine. Mais pas question de valider, pas question d'infirmer – jamais. La lecture des PV du soir m'avait convaincu : se taire reste la seule défense valable. Tout juste avais-je reconnu, et encore, pour gagner du temps, le vol puis l'incendie de la Fiat et de la camionnette qui nous avaient servi à transporter Rex puis Jiffré.

Le reste était littérature.

Le reste appartenait à l'histoire.

Au Donbass, j'avais survécu au pire – ma rotule gauche me relançait à l'instant même, le prix de la position assise sur une longue durée. Tout désormais ne pouvait être que bonne nouvelle. Le fascisme qui venait provoquerait la crise tant attendue.

Après lui, le Réveil.

Second tour, Jour J

(19 h 57)

Pascal Jacotaud savait le pays entier en train de retenir son souffle, à l'heure de la fin du match, de l'ultime séance de penalties. Un nom, un prénom, et Jacotaud pouvait libérer la France, encore deux minutes, cent vingt misérables secondes seulement, et il serait enfin le maître du jeu. Toute une vie pour en arriver là ! Il lui restait une épreuve, une seule, mais de taille, terrasser ses concurrents, les grosses équipes, les TF1, les France Télé. Jacotaud regardait le chronomètre défiler, qu'il était lent, assommant, ce tic-tac interminable, et lui Jacotaud, dans la confidence des résultats depuis une bonne vingtaine de minutes, et qui devait attendre, c'était la loi, la règle du jeu, la tradition triste, au prétexte que les grandes villes n'avaient pas fermé leurs bureaux de vote alors que le résultat était acté par le ministère de l'Intérieur.

Et puis, non, la vie est faite de coups bas, Pascal Jacotaud déposa le ballon sur le rond central, il fit un signe à la régie, il voulait tirer le premier, oui, maintenant, *maintenant*, quatre-vingt-dix-sept secondes avant les adversaires et la fin du temps réglementaire. Rex News prendrait une amende salée, mais le résultat ne pourrait être changé. La chaîne allait envahir la France, comme les partisans la pelouse d'un stade, Jacotaud se hisserait au rang de héros national. Le réalisateur lui donna le go. Par excitation, et par crainte : le technicien ne pouvait rien refuser à Jacotaud, personne ne pouvait rien lui refuser, Rex absent, il était l'entraîneur. Le journaliste vedette ajusta en direct son nœud papillon, tel un rituel d'avant transformation. Son visage ne trahissait rien, sa gestuelle restait neutre, même sa manie de hausser les épaules était sous contrôle – du grand art. Il s'élança, plein d'assurance et de calme :

— 19 h 58, nous sommes en mesure de vous révéler le nom du prochain président de la République. Le prochain président de la République est en réalité… une femme. Elsa Sénéchal est élue avec 51,78 % des voix. Elle devient ce soir la neuvième personnalité à exercer les plus hautes fonctions de l'État sous la Ve République.

L'animateur marqua une demi-seconde de pause, le temps de savourer, d'imaginer le feu sur les réseaux sociaux, les télécommandes en syncope, Twitter en PLS, Rex News devenait la voix officielle du pays, Jacotaud affichait le bonheur écrasant des champions.

— C'est un séisme politique, historique même. La première femme à atteindre un tel niveau de responsabilité. La première à ravir les suffrages âgée d'à peine 23 ans. Si vous nous rejoignez, soyez les bienvenus. Vous êtes bien sur Rex News.

Jacotaud annonça les festivités. La chaîne serait en direct partout où il le faudrait. À l'Élysée, avec le perdant. Place de la Nation, avec la gagnante. En région, chez les votants.

— Stéphanie Latour, vous êtes dans l'Est parisien, avec les supporters d'Elsa… Elsa Sénéchal. J'imagine, la liesse des grands soirs ?

— C'est peu de le dire, Pascal. Je me trouve place de la Nation, comme vous le voyez, où la nouvelle présidente est attendue d'un instant à l'autre, pour célébrer sa victoire entourée des siens.

Derrière l'envoyée spéciale s'agitait l'électorat de Sénéchal. Peu de trentenaires, encore moins de quadragénaires, mais des jeunes et des plus de 50 ans, des drapeaux en pagaille, et des sourires, quelques larmes, un 10 mai 1981 retourné. Les caméras de Rex News s'attardaient sur un vieil homme, au blouson courbé, et aux mains fatiguées, ouvrier d'hier, retraité oublié d'aujourd'hui, qui prenait non sans difficulté un enfant dans ses bras, puisant ses forces dans de lointains souvenirs, il sanglotait, ça fait quarante ans qu'on attend ça. Derrière, un groupe entonnait *on est chez nous, on est chez nous*, à en faire exploser les deux colonnes de la place.

— On attend la présidente pour un discours dont on murmure, ici, qu'il devrait marquer les esprits.

Stéphanie Latour, professionnelle jusqu'au bout, ne laissait rien deviner de ses sentiments. La créature de la télé était promise à un grand avenir. Elle avait du caractère et de la rigueur. Cette soirée était une consécration pour elle aussi, la revanche des femmes. Dans la cohue, la journaliste tenait son direct. Un arc de cercle s'était formé autour d'elle, signe de reconnaissance des soutiens de Sénéchal pour son travail. La machine Rex News turbinait à plein régime, répétant les mêmes scènes et les mêmes mots, les mêmes tournures et les mêmes raccourcis, d'une élection l'autre, comme les tableaux télévisés avaient appris à reproduire, copistes de génération en génération. Il fallait rendre le spectacle beau et *ordinaire*. Il fallait du *familier*. Du classique. Les signes de foule victorieuse étaient déterminants. Chaque slogan, chaque chant, chaque *Marseillaise*, la moindre embrassade, chaque applaudissement constituaient un signe de ralliement : la France abstentionniste n'avait rien à craindre. L'extrême droite au pouvoir se faisait *live*, vivante, et sans encombres. *On est chez nous.*

— Ici, Pascal, l'entourage d'Elsa Sénéchal, avec lequel je me suis entretenue, explique le choix de la place de la Nation comme un geste fort… Loin de la Concorde, prisée par le « bloc bourgeois », c'est le terme choisi, loin de la pyramide du Louvre, jugée trop petite et trop m'as-tu-vu, et loin de la Bastille, « trop marquée à gauche », je cite toujours. Une place de la Nation, aussi, choisie pour sa modestie populaire. À ceux qui ne connaîtraient pas Paris, cette place un peu délaissée, située au carrefour de plusieurs grandes artères de la capitale, dans l'Est parisien, moins favorisé que l'Ouest ; ce choix, je disais, devrait être interprété comme l'orientation que souhaite impulser la présidente. Un rapprochement humble et pur, entre le peuple et ses gouvernants…

Pascal Jacotaud opinait à chacune des phrases de sa collègue. Son nœud papillon se faisait plume de victoire. L'animateur voyait son grand rêve se concrétiser, être au cœur du réacteur, chaque dimanche, une émission en direct du Palais, il avait déjà prévu le titre, que Philippe Rex avait validé lors de briefings le mois passé : le *Talk Élysée*.

Place de la Nation, Stéphanie Latour, quasi impériale, fendait dorénavant la foule. Elle se dirigeait vers le Canon de la Nation, brasserie sans âme, qui reprenait vie provisoirement, transformée en régie télé d'un soir. La journaliste cherchait à rejoindre la garde rapprochée d'Elsa Sénéchal.

— Mais d'abord, coupa Jacotaud, direction l'Élysée, où Emmanuel Macron doit faire une courte allocution.

Les traits tirés, le sourire figé et commercial, c'est un Macron des mauvais jours qui apparut à l'écran. Un concentré du Macron des gilets jaunes, président des éborgnés, débordé par la colère populaire, et de celui du Grand Confinement, en guerre, martial, grave et emprunté, devant un hôpital de campagne, monté à la va-vite par l'armée en Alsace et pour les télés du monde entier. Depuis la salle de réception de l'Élysée, le déjà ex-président attendait le top départ. Et le top départ, pour la première fois dans l'histoire de la République télévisée, était donné par Rex News. Les autres chaînes étaient à la ramasse, elles devraient dorénavant se caler sur celle qui, sous leurs yeux, se faisait première de France.

Emmanuel Macron entama son discours et dès les premiers mots, rien n'allait. Il lisait son prompteur comme un éloge funèbre. Dans la panique, ses services avaient oublié de convoquer l'interprète en langue des signes, même le bandeau des sous-titres ne fonctionnait pas. La déroute dans chaque détail. Son *chers compatriotes* sonnait comme un crachat sur sa propre tombe ; en une soirée, son monde s'écroulait, Macron avait perdu l'imperdable, et son épitaphe qui continuait à vouloir rendre hommage à sa politique… Il était sonné.

Au moment de conclure, et contre toute attente, Emmanuel Macron formula quelques regrets. Mystérieux, déjà perdu, celui qui fut sacré plus jeune président de France se faisait tassé, engourdi, grand-oncle ou plus âgé encore. Il s'adressa à chaque citoyen, chaque citoyenne, *on n'est trahi que par les siens*, répétait-il, sans qu'on sache s'il s'agissait d'une mise en garde ou d'une menace. S'il parlait de Philippe Rex, son meilleur ennemi, qui en faisant monter la droite nationaliste devait atomiser l'équilibre politique et lui garantir la majorité mais qui était allé trop loin, explosant l'extrême centre qui se croyait invincible. Rex avait dépassé ses propres attentes : il avait contrôlé les téléspectateurs, au-delà de ses espérances, pour mieux discipliner les électeurs.

Ou le président parlait-il de ceux, autour de lui, conseillers et bons amis, qui auraient fait double jeu, alimentant en sous-main Sénéchal, convaincus que la partie serait plus excitante avec elle. Sur Twitter, un esprit malin lança le hashtag #SaleDéfaite, jeu de mots terminal pour quinquennat final. En quelques minutes, #SaleDéfaite caracolait au top trending.

Stéphanie Latour venait de parvenir au Canon de la Nation. Pascal Jacotaud lui donna l'antenne. Aux côtés de la journaliste, Sophie Sénéchal multipliait les confidences. La sœur de la présidente savait-elle qu'elle était en direct sur Rex News, ou feignait-elle de l'ignorer ? L'illusion de la mise en scène marchait à plein : ses révélations, qui semblaient arrachées, mais l'étaient-elles, sonnaient plus vraies que nature. Derrière tout scoop, son orchestration – celle-ci était brillante.

Dans l'euphorie de la victoire, Sophie Sénéchal avait décidé de tout balancer, c'était le terme qu'elle utilisait. Dans sa bouche d'élégante, et de jeune femme bien née, balancer sentait la déflagration.

— Le peuple cherche une épée. Ce soir, le peuple s'est armé. Elsa sera le bouclier de la France.

Sophie Sénéchal annonça qu'elle serait bientôt promue aux opérations mémorielles (il faut en finir avec la *cancel culture*, dit-elle) et à la communication présidentielle. Et que pour cette double mission, elle serait secondée par la meilleure des meilleures : Madeleine Jiffré.

Absolument : Jiffré. Madeleine Jiffré, elle qui fut « honteusement lâchée par Macron », lors de son injuste incarcération.

Madeleine Jiffré, la faiseuse de rois, et maintenant de reine, qui avait mis à sa disposition son savoir-faire et son faire-savoir : la presse people, et la sérieuse, les *bots* russes et toute la clique, à ses basques depuis des années. Ses nouveaux *chéris* étaient comblés.

Sophie Sénéchal ponctuait ses phrases de grands éclats de rire, qu'elle n'essayait même plus de refréner. La droite dure triomphait, et c'était en partie grâce à des femmes comme elle, et comme Jiffré. Les éditorialistes et les hommes d'appareil, petits messieurs boursouflés, n'avaient rien vu venir : l'avenir appartenait aux femmes, et à la droite ! Stéphanie Latour la regardait, impassible : la journaliste savait que cette lumière jaillissait sur elle par ricochet, inutile d'en rajouter.

Sophie Sénéchal fit un signe à une jeune femme, les cheveux bruns, bouclés, et la peau légèrement cuivrée, à l'autre bout du Canon de la Nation. Dans le brouhaha de l'établissement, on entendit mal son nom. Stéphanie Latour lui demanda de répéter :

— Bonsoir. Je suis Rachida Haddad, la coordinatrice nationale du renseignement.

Sophie Sénéchal reprit la parole.

— Rachida a œuvré à l'accession au pouvoir de ma sœur par pur patriotisme.

L'intéressée acquiesça – tout sourire. Ses lèvres bougeaient mais aucun son ne sortait de sa bouche. À quoi pensait-elle, l'Algérienne d'Échirolles ? *On est chez nous* ?

Rachida Haddad voulait dire un mot, une phrase, exister quelques instants, mais Sophie Sénéchal monopolisait la parole. Elle verrouillait déjà :

— Rachida Haddad nous a rejoints, convaincue, à raison, que seule la vraie droite que nous représentons, c'est-à-dire une France forte, et déterminée, une France qui n'aura plus la main qui tremble, pourra combattre le terrorisme islamiste.

— C'est audacieux, commenta Stéphanie Latour.

— Mais, oui ! Mais nous sommes l'audace, voyez-vous ! L'hégémonie culturelle a changé de camp ! Et que les Cassandre se rassurent : les origines algériennes de madame Haddad sont bien la preuve que nous pouvons être nationalistes sans être racistes. Madame Haddad, qui a connu les ravages de l'islamisme dans sa jeunesse, du côté de Grenoble, sera la première ministre régalienne d'origine étrangère. Elle sera ministre de l'Intérieur. Nous allons déjouer ces décennies de propagande honteuse faite contre nous !

Dehors, les vivats de la foule redoublaient. Elsa Sénéchal venait de monter sur l'estrade, qui faisait face à la statue du Triomphe de la République, au centre de la place. La nouvelle présidente prenait son temps, et des selfies. Elle était la femme providentielle, le sabre patriote. Trois rangées de CRS l'entouraient, doublées de gros bras de sécurité, déjà propulsés dans leur rêve de puissance. En attendant qu'elle prenne enfin la parole, Pascal Jacotaud meublait :

— Ce que nous vivons en ce moment même sur Rex News est tout à fait historique. Nous vivons la réplique, probablement, du séisme de 2002, vingt ans plus tard. Une génération plus loin. En direct, ici, sur Rex News, avant tout le monde !

Jacotaud ajouta que la place de la Nation n'était décidément pas un choix anodin. Un stagiaire avait préparé la fiche : sur cette place, la Terreur fit rouler les têtes – tout un symbole, s'amusa le présentateur : on y avait dressé la guillotine, jusqu'à trente mises à mort quotidiennes, plus d'une par heure, là, sur cette place, la bien nommée place du Trône Renversé.

Dans la foule, à proximité, côté jardin de Marianne, Étienne Dardel attendait, lui aussi. Il assistait, désolé, à l'ovation du mal. D'un fumigène à l'autre, d'un pétard à un autre pétard, le lanceur d'alerte se frayait un chemin ; sous son masque Covid, il passait incognito dans l'adversité. Sa présence ne lui conférait rien de particulier, ni passe-droit, ni coupe-file ; Dardel ne se sentait ni lâche, ni courageux, il était lui-même : badaud en lignes ennemies. Il observait ce peuple de Paris, ou ce qu'il en restait, ce peuple de classes moyennes, craintives et endettées, renfermées sur elles-mêmes et des lendemains sans chansons, qui festoyait. Ce peuple qui, comme Dardel l'aimait plus que tout, prenait la rue, mais cette fois, comme il le craignait, pour chasser l'Autre. Au pouvoir, l'extrême droite met toujours ses promesses à exécution. Au moins, elle ne se trahit pas : elle se délecte de ses travaux pratiques. Les antifascistes hués désigneraient bientôt tous ceux, de gauche comme de droite, virulents comme non-violents, socio-démocrates comme gauchistes, qui oseraient se mettre en travers de la route de l'État Sénéchal.

Sale défaite, c'était le mot.

Dardel enviait ces couples qui s'embrassaient devant lui, et elle qui vociférait, et eux qui chantaient. Il avait assez éprouvé ces joies, pour en apprécier la force. Il savait ce que les manifestants ressentaient, l'ivresse de la rue prise, de la foule irrésistible. Il songeait aux années écoulées, à la gauche qui s'était reniée – à qui il en voulait tant, plus qu'à cette foule trompée – cette gauche de droite, qui avait pactisé avec les Arnault, les Pinault, les Bolloré, les Macron, les Hollande, les Jiffré et les Rex de ce monde. Cette gauche de marché avalée par le marché.

Pourquoi, dans ses rangs, personne, ou presque, n'avait-il voulu comprendre que la pulsion de mort et de violence était imminente ? Que Sénéchal, Éros et Thanatos tout à la fois, l'emporterait ? Était-ce Munich qui revenait, des accords avaient-ils été scellés entre les accédants au pouvoir et ceux qui s'accrochaient à leurs derniers barreaux ? Non des alliances secrètes, non des complots, mais une lente dérive de compromis, d'accommodements, de minuscules courbettes de merci, de renoncements brutaux, et de petites bassesses de mendicité. Et cette abstention record, 31,7 %, de quoi était-elle le nom ? Les apprentis sorciers étaient submergés par leur créature : longtemps, l'abstention avait garanti un partage équitable des pouvoirs. Ce soir, la bête avait giflé la combine.

Sur le podium de la présidente, un écran géant crachait Rex News, entre deux temps morts. Que la retransmission soit muette accordait plus d'impact à la clameur de la foule. Ses sifflets, ses *enculés*, ses applaudissements, ses *on est chez nous*, semblaient retentir jusqu'à la Bastille, Châtelet peut-être ? C'est comme si Pascal Jacotaud parlait dans le vide. Les scènes de banlieues en feu que la chaîne diffusait à présent, siglées « images Twitter », relevaient du pire aux yeux de la masse : elles incarnaient l'ennemi intérieur. Un cocktail Molotov ; et c'était la bataille d'Alger qui repartait. Sur scène, Elsa Sénéchal ne disait toujours rien – que pouvait-elle faire pour calmer la plèbe ? Et le voulait-elle ? *On est chez nous.*

En contrebas, des pensées fugaces traversaient Étienne Dardel : que deviendrait Bruce d'Arleux dans le tumulte annoncé ? Encore un retournement, un dernier reniement de génie, quel camp choisirait-il – et quel camp le choisirait ? Il pensait à lui, et à leur passion contraire pour Gramsci. Sentait-il, d'Arleux, le basculement auquel Dardel assistait, plongé dans la nasse humaine, ce basculement redouté par l'Italien, le communiste emprisonné par Mussolini : « Le vieux monde se meurt, le nouveau tarde à apparaître, et dans ce clair-obscur surgissent les monstres. »

À cet instant même, un groupe d'hommes de main de Sénéchal, parfaitement disciplinés et coordonnés, machines impeccables, tirèrent des mortiers d'artifice dans le ciel de Paris. La foule jubilait ! Paris brasier, *au napalm, les cités !* Et Elsa Sénéchal, sur scène, qui faisait durer son plaisir.

Dardel balaya la place du regard. Deux adolescentes, surgies d'un immeuble, cachaient leurs larmes, des sanglots cette fois, des larmes de désarmées, face au spectacle qui envoûtait les lieux, l'une d'elles refermait ses poings, la seconde lui prenait le bras. Dardel pensait à Bataille, l'homme des traîtrises, doublé à la dernière minute après des décennies de coups tordus, une de ses sources les plus sûres, et la plus secrète : sa vengeance aurait-elle le goût du Corbeau ? Dardel ressentait une pointe de compassion pour ce bon Bataille. Il n'aurait jamais le poste honorifique promis.

Et Gración, et Morville ? Ces noms jetés en pâture depuis quelques jours sur toutes les radios et télés : combien de temps avant qu'on ne les retrouve suicidés une balle dans la nuque ? Et Rex, Philippe Rex ? Bientôt libéré et aussitôt élevé à la dignité de grand-croix de la Légion d'honneur – distinction suprême de la République ? Il pourrait enfin s'atteler à la transmission de son empire. Avant son enlèvement, les rumeurs allaient déjà bon train. De ses trois enfants, Thérèse, Christelle et Charles-Marie, la première avait décliné le poste ; les deux autres se déchiraient l'héritage.

Sur scène, Dardel observa la fachosphère qui paradait : Papacito, Obertone, Marsault, l'écurie de L'Anneau. Les YouTubers chauffaient la place, l'haranguant comme des animateurs de quinzaines commerciales. En coulisses, imaginait le lanceur d'alerte, tous savaient que des comptes allaient se régler. Leur camelote puait l'avarié, ces VRP méprisaient ce peuple à leurs pieds, ce qu'ils voulaient, c'était se goinfrer, et c'était ce qui les perdrait : la démagogie finit tôt ou tard par bouffer les démagogues.

Étienne Dardel ferma enfin les yeux, tout cela était trop. Il fallait déguerpir. Dans l'agitation, un coup d'épaule le bouscula, et l'homme s'excusa, pardon monsieur, pardon, on a gagné, hein, bravo, *on est chez nous*, ça y est !

Dardel répondit par un vague hochement de tête, cherchant du regard la sortie. Elle était loin, masquée par une haie d'honneur en uniformes et en futur gris. C'est à cet instant qu'il aperçut une marée de pancartes, de banderoles, et de calicots « Rex News », qui saturaient la place de la Nation, jusque sous le podium d'Elsa Sénéchal :

LA RÉVOLUTION C'EST L'INFORMATION.

DU MÊME AUTEUR *(suite)*

FILMOGRAPHIE

Un pays qui se tient sage, 2020 (sélection Quinzaine des Réalisateurs Cannes 2020).

Le Pigalle. Une histoire populaire de Paris, Temps Noir/Arte, 2019.

Fort McMoney. Votez Jim Rogers !, Toxa/Onf/Arte, 2013.

Prison Valley. L'industrie de la prison, avec Philippe Brault, Upian/Arte, 2010.

Quand la France s'embrase. Enquête sur le maintien de l'ordre, avec Christophe Bouquet, Yami 2/France 2, 2007.

WEBOGRAPHIE

L'Infiltré (Narrative Boutique, Akufen, Grand Garage), 2017.

Hors jeu, avec Patrick Oberli (Upian/Arte/BR), 2016.

Dada-Data, avec Anita Hugi (Akfn/Arte/Ssr Srg), 2016. Grimme OnLine Catégorie Culture (Allemagne).

Fort McMoney (Toxa/Onf/Arte), 2014, Meilleure production Interactive Canadian Screen Awards (Canada), Mention spéciale du jury Visa d'Or (France).

Prison Valley, avec Philippe Brault (Upian/Arte), 2010. Meilleur multimédia non linéaire au World Press Photo 2011 et Prix du webdocumentaire à Visa pour l'image (France).

Cet ouvrage a été imprimé par
CPI Firmin-Didot au Mesnil-sur-l'Estrée
pour le compte des Éditions Grasset
en février 2022.

Mise en pages
PCA 44400 Rezé

PAPIER À BASE DE
FIBRES CERTIFIÉES

Grasset s'engage pour
l'environnement en réduisant
l'empreinte carbone de ses livres.
Celle de cet exemplaire est de :
550 g éq. CO_2
Rendez-vous sur
www.grasset-durable.fr

N° d'édition : 22395 – N° d'impression : 168283
Dépôt légal : mars 2022
Imprimé en France